# 東京パパ友ラブストーリー

樋口毅宏

Tokyo Papatomo Love Story

Takehiro Higuchi

講談社

# 東京パパ友ラブストーリー

Y・Oへ　短い間だけど楽しかった

’Tis better to have loved and lost

Than never to have loved at all.

—— Alfred Lord Tennyson

# 1

はじめてきみを見たとき、懐かしいなって思ったんだ。ずいぶんと長い間会っていなかったけど、どうしていたの？　って、そんなことを考えていた。

ほら、きみって全然パパらしくないっていうか、いや、すごくいいパパなんだけど、外見はそんな風に見えないし、浮いてたじゃない？　短パンで保育園の送り迎えをしている父親はきみだけだった。どう見ても公務員ではないし、良く言えばワイルドっていうか。そうだね、無精髭を生やして、キャップから長い髪が溢れて、夏はサングラス、それ以外の季節はゴーグルで。他の親や保育士と比べてもインパクトが強かった。

僕の一目惚れだって？　よしてくれよ。先に好きになったのはきみのほうだろ。その後、深みに嵌《は》まっていったのは、僕のほうかもしれないけど……。

でもまさかあんな風になっていくなんて、あのときの僕は思いもしなかった。

もう一度人生をやり直せるとしたら？　仮定の話には答えられないな。仕事柄か、そう答えてしまう。

そうだね、今度こそ幸せになれる方向へと持っていけたらと思うよ。どうしたら正しかったのか。正解がなかったとしても、周りの人を泣かせたり、悲しませたりする回数が減るように、少しでもマシなほうに行けたらと願いたい。

いいや、これだけは言える。きみに会ったことは後悔していない。きみと会っていなかったら、僕は自分の人生を生きないまま終わっていただろうから。


有馬豪《ごう》の一日はその日も慌ただしく過ぎようとしていた。GW明けの月曜日、いつも通り朝五時に起床し、前日の株価をチェック。シャワーでまだ眠い体を起こし、妻のまなみによる朝食を摂った。

「料理教室で教わったオーガニックのヨーグルトなの。買ったものと全然違うでしょう」

そう言われてもわからないが、無難に返事しておく。ねぼすけの亜梨《あり》がミッフィーのぬいぐるみを胸に抱きながらテーブルにやってくる。

「パパ、おはよ」

「おはよう、亜梨」

五歳になっても甘えん坊だが、まなみは着替えを手伝おうとしない。

「何でも自分でやらせることが大切なの」

まなみはそう言う。「まだ小さいじゃないか」と豪は喉元でぐっと堪える。何か言おうものなら、どうせ眼差しに優しさを湛えたまま、反論してくるに決まっている。

早く会社に行きたいのに、亜梨の支度を待たなければならない。着ていく服が気に入らないと、自分専用のクローゼットを漁って、スタンドミラーの前で服をとっかえひっかえしている。まなみから聞かされたが、同じライオンクラスの女の子と張り合っているらしい。もちろん好きな男の子をめぐる争いだ。この歳でも、女は女だ。豪はやれやれと思う。

結局、家を出たのは八時過ぎになった。

「いまどきの父親は子どもの送迎ぐらいやるべき。積極的に育児に参加してこそ、社会的な地位を持つイケダンよね」

三月までまなみが保育園の送り迎えをしていたが、彼女の鶴の一声で、豪が朝の送りを担当することになった。どこぞの受け売りだろうが、子育てに関してはなるべく対立しないようにしている。保育園は目と鼻の先にある。園庭がある認可保育園で、亜梨は三歳から通っている。百名ほどの園児を受け入れているが、港区という場所柄のため、大使館に勤務している外国人の保護者も多く目につく。教育熱心な親たちが、有名大学付属校への進学率が高い近くの公立小学校に我が子を入れるために、わざわざ引っ越してくると聞く。

豪は亜梨が公立でもいいと思っている。やはり近所にある、名門と呼ばれるインターナショナルスクールでなくてもいいではないか。夫婦ともにネイティブレベルの英会話能力が必要なので、まなみはベルリッツに週三回通っている。それでも口を挟むのは控えている。「あなたは亜梨が可愛くないの?」と、まなみから問い詰められるのがおちだからだ。

保育園に亜梨を預けた後、マンションの駐車場に戻り、BMWで渋谷にある会社を目指す。豪が出社した朝の八時半には、タイムカードを設けていないにも拘わらず、五十名の社員のうち、ほとんどが出社していた。社長の豪が姿を見せても振り返ることなく、各自でメールやネットをチェックしたり、トレーダーと打ち合わせをしたりして、売買銘柄を指示していた。豪もひと通り済ませると、社内ミーティングに入った。運用商品を売り込む営業部の部長、運用商品を企画して顧客に説明する商品企画サービス部の部長、そして今年の唯一の新卒である瀬島と自分の四人だ。

瀬島隼人《はやと》は大学在学中に証券アナリストになるための一次試験の三科目を一度にクリアした人材だ。大手の信託銀行を蹴って、豪が社長を務めるＡＺ Ｏｐｔｉｏｎに来てくれた。ヘッドハンティングしたふたりの部長の経験に基づく意見を学ばせたいと考えている。会議は一時間が上限。ファンドマネージャーという職業上、売買の報告と意見交換が必須のため、どうしても会議が多くなる。回数は減らせないにしてもダラダラと延ばすことは避けていた。

十時には来客の対応が一件。その後は社員から相談を受ける。社長室を設けず、仕切りすらなく、社員たちとの間に距離を作らないようにしている。

昼にはランチを摂りながら懇意にしている老舗の投資顧問会社の重役と意見を交換した。

十三時半には瀬島を運転手にして投資先の会社を訪問。経営状況をチェック。

十七時に会社に戻り、社員からその間あったことを聞き、海外市場のチェック。あともうひと踏ん張りとばかり、コンビニで買ってきたスイーツやパンを片手に従事する若い社員が目立つ。

十九時、投資候補の業績と予想株価の計算。この日はサウジアラビアとイランが地域の覇権争いのため自爆テロが起こり、多数の死傷者が出た。株式市場では日経平均株価が前日比三〇〇円安。外為《がいため》市場でも中東主要国の株は売られ、安全資産の米国債買いが進み、債券利回りは軒並み低下した。めずらしくないこととはいえ、豪は溜め息を漏らした。

あっという間に時間が過ぎる。残業は控えるように伝えているが、まだ十名ほどパソコンと向き合っている。スマホが目に入る。ＬＩＮＥが来ていたようだ。送り主の名前を見る。「ライトパパ」とある。


――先にやってるよ！

ビールを飲むイラストのスタンプが目に飛び込んでくる。豪は記憶を遡らせる。五日ほど前の朝のやり取りを思い出す。

「今度飲みに行こうよ。ここらへんは高い店ばかりだけど、四谷にまで足を延ばせば気が置けない居酒屋もあるし。お互いイクメンとして妻の悪口を言い合わない？」

そんなことを言われてＬＩＮＥを交換したのだった。屈託のない笑みとともに。


豪は出入り口に縄のれんが掛かった居酒屋「六甲」の奥のテーブルで、ぼさぼさの髪と髭面の赤ら顔を見つけた。男は豪を見るなり、中ジョッキを掲げる。挨拶のつもりらしい。狭い通路にもサラリーマンが犇《ひし》めいている。豪は人波をかき分けて、破れた丸椅子に腰を下ろした。

「遅れました」

「いやいや、ようこそ〜。きょうはアリちゃんパパと飲むのを楽しみにしていたよ〜」

店員が注文を取りに来たのでウーロン茶をお願いした。

「あら、飲まない？」

「車なんです」

男はつまらなそうな顔を隠さなかった。

「じゃあ食って。ここは何でも安いし、美味いから」

ポテトサラダ二八〇円、もつ煮込み三〇〇円、ニラ玉子三五〇円など、壁のメニューはどれも黄ばんでいた。まわりは喫煙者も多い。豪が普段見かけない客層だった。

ウーロン茶とビールで乾杯する。男は飲み干すなりゲップをした。

「おかわり！」

笑うと前歯と歯茎がむき出しになる。これは自分でも「憎めない笑顔」だとわかっているなと豪は思った。

「こうやって夜飲みに出るのは久し振りなんだ。保育園に光《ライト》を預けている間も、自分の仕事だけでなく、家事とかやらなきゃいけないし。きょうはめずらしく妻が早めに帰ってきたから」

男はよほど嬉しいのか、唾を飛ばしかねない勢いだ。

豪は曖昧に頷く。どこまで立ち入って訊《き》いていいのかわからなかった。

「アリちゃんパパは――、えーっと、何て呼んだらいい？」

豪はアタッシュケースの中を探る。

「あ、いいよ。飲みの席だし」

豪は名刺を突き出した。AZ Option CEOの文字に、男は目に力を込めた。

「ありま、ごう。しーいーおーってことは社長さん？ こんなに若いのに？ すごいなあ」

豪は謙遜しない。

「何の会社なの？」

「ファンドマネージメントです」

男は少し考えてから、ふうーんと漏らした。自分とは遠い世界なのだろう。

「あれかい？　トレーダーとか、ディーラーってやつ？」

「合っている部分もありますが、合っていない部分もあります」

豪はこの手の誤解を受けるのに慣れていた。が、一緒くたにしないでほしいと常に思っている。トレーダーやディーラーは一発当たることがあるかもしれないが、運用に必要な知識や見識はほとんどない。自分は競馬の騎手だが、あちらは万馬券を夢見る素人のようなものだ。

「俺は――、あ、名刺ないんだった」

男はよれよれの財布を開いて、中を覗き込む。チェーンのラーメン店のクーポン券がひらひらと落ちた。

「俺は鐘山《かねやま》。カネはマネーじゃなくて、〝あの鐘を鳴らすのはあなた〟の鐘。山はマウンテン。下は明人《あきひと》。明るい人。本当は違う。〝名は体を表さず〟って言うじゃない」

自虐めいた笑みをこぼす。さっきまでとは微妙に異なる笑顔だった。

「鐘山さんのお名前、耳にしたことがあるような気がします」

「いや、そんなたいした」

鐘山明人は形ばかりの謙遜を見せる。

「それより！　有馬さんは偉いね！　社長さんなのに娘さんの送り迎えをして」

「朝だけです。夜は仕事でどうしても遅くなるので」

「なるほど。それでも感心だよ」

「鐘山さんは光くんの送り迎えだけでなく、育児も家事もされているんですね」

「なんで知ってるの！」

「いま自分でそう仰ったじゃないですか」

あ、そっかと明人はわざとらしく頭を掻く。本気で言ったのか。ボケたのか。ちゃんと話してからはまだ数分のため、豪は判断しかねた。

「しょうがないのよ。俺は家でやる仕事だから。家にいる者が家事とか子どもの面倒とかやったほうがいいと思うし。妻はまあ忙しい人なんで」

「奥様は、何を？」

「都議会議員。有馬さんのような高額納税者のおかげで生活しております」

明人はテーブルに手をつく。

「鐘山……下の名前は？」

「東雲美砂《しののめみさ》。妻は俺と結婚しても旧姓を通している」

「しののめ、って、東の雲ですよね」

「そう。知ってるの？　あいつもそんなに有名になったのかな」

日頃テレビを観る暇がない豪でも名前と顔を知っていた。少し前から名を売っているタレント議員だ。選挙のとき以外にも区民ホールで講演会を開いたり、駅前で演説をしたりしているのを見かけたことがある。年齢は四十ぐらいで、わりと美人だ。一躍名前が全国区になったきっかけは都議会の一般質問中に「子どもを産んで太ったな」などといった野次が飛び、「それはセクハラですよ、ハゲちゃん」と返してからだ。それ以来、美砂のことを「キレイすぎる都議」ではなく、「キレすぎる都議」とマスコミが取り上げるようになった。豪は思う。そうか、あの女の夫が、いま目の前にいる自分よりふた回りぐらい上のしょぼくれたおじさんなのか。

「東雲さんは、おうちでもキビシイ感じですか」

うっかり口を滑らせてしまった。しかし明人はニコニコしている。

「あのまんま。家庭内では野次など絶対に飛ばせない、永久政権を確立している」

これには豪も噴き出してしまった。

「そっちはどうなの？　奥さん優しい？」

豪はうーんと考えたふりをする。教育方針だけでなく家具のレイアウトに至るまですべてまなみの言いなりだ。尻に敷かれておけば家庭は円満だし、実際悪くない。家のことは彼女に任せて、自分は好きなだけ仕事に打ち込める。「威張っている男でもハイハイと聞いているふりをしてうまく掌で踊らせればいい」という、賢《さか》しらな女の常套手段を、豪は逆手に取ったつもりだった。

「まあまあですかね」

「いいなあ」

明人は本心から感嘆の声をあげているように見えた。

「今夜は飲むぞ！　おかわり！」

その後は明人の妻に対する愚痴を一方的に聞くことになった。顔を出さなければならない地元町内会のイベントがないたまの休みの日に、昼寝を含めて十五時間以上、妻を寝かせてあげていたときのこと。明人はその間洗濯を二回済ませ、光にご飯を食べさせ、公園に連れて行き、買い出しをし、寝かしつけまでしていた。しかし美砂は夕方前にむくっと起き出すと、台所を視界に入れて突然泣きだした。

「洗い物が残っている！」

光に作ってあげたチャーハンの後片付けをしていないことにキレ出した。昼寝中の光までその怒号で起きて泣き出した。明人は目の前で号泣するふたりになすすべもなく、「この家は地獄か！」と頭を抱えた話など、豪には想像がつかなかった。自分の家と全然違う。

「これがねえ、ウソ、大袈裟、一切の脚色なし。余裕がないんだろうね。議員さんは毎日がハイプレッシャー、ストレスフル」

「鐘山さんは、ご自身の仕事をする時間はあるんですか」

「正直、ないね。独身のときは一日二十四時間、フルに自分の時間として使えた。いまはそのときの三分の一以下かな。好きなだけ仕事ができる人が羨ましいなあと思うときもある。数年前の自分もそうだったのにね。妻から〝子どもが欲しい。あなたの邪魔はしない。お互いに自分の仕事をしましょう〟って言われてホイホイ乗ったらこのザマで」

家政婦みたいだなと豪は思う。無論口には出さない。

「有馬くん、都合がいい家政婦じゃないかって思ったんじゃない？」

「いえ、そんな」

「顔に書いてあるよ」

明人は笑う。いつの間にか、「有馬さん」から「有馬くん」に変わったが、気にならなかった。むしろ心地良かった。

「妻に言ったことがあるよ。〝産んだのは美砂。育てているのは俺。家事も俺〟。でもあんまり言いすぎるとまたキレられるからね。〝家事を完璧にやっているみたいに言うな〟って」

「鐘山さん、お人好しなんじゃないですか」

つい口をついて出ていた。しまったと豪は思ったが、明人は大きな声で笑っていた。

「これからも、育児も家事も俺の仕事だろう。でもいいんだ。美砂のほうが立派な仕事をしていると思うから。実際俺より稼《かせ》いでいるし。〝政治家だから偉い〟って言ってるんじゃないよ。社会福祉の削減に反対とか、大学までの学費を無償化するとか、選択的夫婦別姓制度とか、彼女の政策にはすべて同調できる。正直なところ、あれよあれよという間に結婚してしまったから、美砂のことをよく知らなかったんだけど、イデオロギーって言うの？　大袈裟だけど。考え方が概《おおむ》ね一緒で助かった。違っていたらもっと悲惨だった」

愚痴とも惚気ともつかない話に、明人の表情は終始明るかった。その後は、お互いの子どもの話に及ぶ。明人は育児あるあるで盛り上がりたかったようだが、豪は平日の朝を除けば、起きている亜梨に会うことは少ない。日曜日は昼からビールを飲んで寝溜めに充てている。スマホの中の写メもまなみが撮って共有の保存フォルダに入れてあるものだ。

「待機児童になるだろうと覚悟を決めていただけに、光が保育園に入れたときは人生でいちばん嬉しかったなあ」

「亜梨ちゃんは野菜を食べる？　ウチは肉が大好きで。野菜を摂らなくて困っているよ。ソースと絡めて出したりするんだけど、いつもよけるね。子どもってちょっと味が濃いのが好きだよなあ」

「亜梨ちゃんはライオンクラスだから五歳でしょ。うちは二歳だけど、五歳なんてまだ想像がつかない。風邪とかひかない？　幼いうちは男の子のほうが体が弱いって言うけど本当だね。すぐに熱を出すし下痢は止まらないし。育児家事仕事に追われて五日ぶりにベッドで三時間以上眠れると幸せでね。あの辺だとどこの病院を掛かりつけにしているの？」

豪は答えられなかった。お手伝い程度ではなく、がっつり育児をしている明人を前に、少し恥ずかしい気がしたが、僕が稼いでふたりを養っていると自分を肯定した。

結局店には二時間半ほどいた。共通の話題も少ないはずが、思いの外《ほか》時間が流れるのが早かった。

「俺から誘ったのでここは」

明人はクリップボードに挟んだ伝票を手にレジに行く。ふたりで飲み食いしたとは思えないほどリーズナブルな会計で、豪は割り勘を申し出るまでもなかった。

「お言葉に甘えます。ご馳走さまでした」

「また飲もうよ」

五月の夜の風が優しい。縄のれんを前にして立ちすくむ。刹那、ふたりに間ができて、豪は名残惜しい気がした。それがなぜなのか、この時点ではわからなかった。明人は「じゃあ」と踵を返すと、電柱とガードレールのそばに停めた電動自転車のほうに向かった。足元が覚束なかった。

「鐘山さん？」

声をかけるや、明人は膝から崩れて腰をついた。豪が駆け寄る。

「おかしいなあ。たいして飲んでないのに」

明人はビールやサワーを十杯近くおかわりしていた。酒が強いように見えたが、目がとろんとしている。

「僕の車で帰りましょう。自転車はあとで取りに来ればいい」

電動自転車の前方にはチャイルドシートが装着してあった。豪は頭を回らせる。

「あしたもこの自転車で光くんの送り迎えですか？」

明人は答えられずに、顔の前で手をひらひらとさせる。

「そこの駐車場に車を止めてあります。ちょっと待ってて下さい」

豪は足早にＢＭＷを取りに戻った。店の前に着くと、明人は路上に尻もちをついたままだった。豪は明人に肩を貸して立たせると、後部座席に担ぎ込み、車の中にあった飲みかけのペットボトルのお茶を与えた。音を立てて明人の喉仏が上下に動くのを、豪は黙って見つめていた。明人は息をつく。

「おかしいなあ。年かな。それとも、きみと飲むのが嬉しかったからかな」

豪は頬を緩めた。明人はシートに横たわる。

「鐘山さんの住所を教えて下さい」

訊《たず》ねたときには明人は眠りの世界に落ちていた。仕方がないので尻ポケットからぺらぺらの財布を抜き出す。免許証の住所をカーナビに打ち込んだ。十分ぐらいで着くだろう。財布に戻す前に免許証に目を通す。髭のない明人が正面を向いている。今より少し若い。精悍で、自分に自信があるものだけが持つ眼差し。昭和四十一年生まれということは、今年五十二歳。三十歳の自分と親子ほどの差がある。おっさんなわけだと豪は思う。

街のネオンを潜りながら、スピードもほどほどに車を走らせた。バックミラーには酔い潰れた男が寝息を立てている。なんだか豪がお抱え運転手になったようだ。でも、悪い気はしない。

明人のマンションの前に着いた。夜目にも築年数が古い建物だとわかった。南青山とはいえ駅から遠く、周辺にはこれといった店もない。あたりはすっかり寝静まっている。豪のマンションとは駅を挟んでちょうど反対方向で、保育園までは歩いて三分ぐらいか。子育ての環境にはいいかもしれない。しばらくはそんなことを考えて時間を潰した。

さて、どうやって起こそうか。

車が通らないとはいえ、マンションに横付けしてからしばらく時間が経過していた。あしたも朝が早い。さっさとヨッパライを叩き起こして家に帰ったほうがいい。なのに明人の体を揺する気にはなれなかった。まなみにどんな言い訳をしようか考えた。「パパ友と飲んでいた」と、あったことをそのまま話せばいいではないか。うしろめたいことなどないはずだった。

逡巡の果てに、明人がゆっくりと目を開けた。豪はそれでも声をかけなかった。まだ寝ていてほしいと思った。

「わっ」

飛び起きる、という表現がぴったりだった。明人は充血した眼を瞬《しばた》かせながら、車内外をきょろきょろと見渡した。

「ご自宅の前です」

明人は両手で顔を拭う。

「やってもーたかー」

困った表情も、どこか可愛げがあると豪は思った。明人はシャツのポケットから取り出したスマホを見る。

「うわー、美砂から着信が入ってる。音切ってたかー」

豪は視線を外す。彼の仕業だった。よく寝かせてあげたかったからだと心の中で釈明した。明人は車から降りる。豪も続く。

「ごめんね、ほんとごめんね」

明人は手を合わせる。

「それより自転車ですけど、店の前に停めてあります」

「そうだ、自転車！　怒られるー」

いちいちリアクションが大きかった。

「有馬くん、これに懲りず、また一緒に飲んでやってね」

こちらこそと豪が言いかける。

明人が頭を下げた。少し間を置いて、いきなり抱き寄せると、豪にキスをした。

豪は何が起きているのか、わからなかった。

何秒経ったかわからない。

「なにするんだ！」

豪は明人をはねのけた。慌てて唇を拭う。

「ヘンタイか!?　あたまがおかしいのか!?」

豪の語気が荒くなる。

明人はへらへら笑っていた。

高い電灯がふたりを頭上から照らし、長い影を作っていた。

2

誘ったのは、俺のほうからだった。

はじめの一歩を踏み出すには勇気がいった。信じてもらえるかどうかわからないけど、それまで同性とは経験がなかったから。

怖かったのかもしれない。自分の別の面に、ずっと目をそらし続けてきた。ウソをついているという自覚さえなかった。それを認めてしまえば、ずるずると蟻地獄のように深みに嵌まって戻れなくなるに違いないと、なんとなくわかっていた。

でもきみとなら、地獄も悪くなかった。手遅れになった後になって、開き直るつもりはないけど。

妻と子どもを裏切る罪悪感などなかった。「奥さんへの当てつけだったんだろ」って、きみは怒ったとき言ったことがあった。確かに、俺は育児と家事で、思うように仕事ができなかったけど、違うと思う。

男を取り戻したかった？　それはあったかもしれない。男は去勢されたまま生きていけない。同じ男だから、わかってくれるよな。

誰でもよかったわけじゃない。きみが可愛かったから、「いいな」って思ったから、自然とそうなった。ほんとだよ。それだけは誤解しないでほしい。あー照れるなあ。

前にも似たようなことを話したけど、「名は体を表す」ってあれはウソ。親が子に名を付けてもそれは願望に過ぎない。俺を見てわかっただろう？　いつだってへらへら笑ってやり過ごしてきた。自分の弱さを知っていたから。そうしないと生きてこられなかった。

付き合っていくうち、「思っていたのと違う」って、失望させたと思う。

そうだね、「男らしくしろ」と、呪いをかけられてきた。積もり積もったものが出ちゃったのかな。

生まれ変わったら？　それでも男がいいな。男はラク。少なくともこの国では、男ってだけで既得権益だから。

まだ懲りてないのかもしれない。男に生まれて、男に縛られて。それであれだけ大変な目に遭ったのに。

終わらない夏などないのに、何を俺たちは無邪気に信じていたのだろう。

豪は多忙な日々を過ごしていた。通常業務の他に、社員全員に与えていた月次の定例課題――トレード案に、営業部の部長と商品企画サービス部の部長と目を通した。目ぼしい案には作成者を呼び、真意を確認し、社内のトレーダーに発注する。今回採用したトレード案は計理部に在籍する女性社員だった。以前よりファンドマネージメント部への異動を希望していた。センスがあると豪は思った。

転職の多いこの業界で、他社に引き抜かれるより自社で大きく生かしたほうが良さそうだと判断した。ランチは海外在住のクオンツアナリストとフェイスタイムで話しながら。十四時には急な来客があり、時間を取られた。その後は海外市場のチェックと社内ミーティングに充てた。

少し時間が空いたので瀬島を会社から歩いて数分のスタバに誘う。そこでも仕事の話になる。

「きょう中にできそうか」

「頑張ります」

各ファンドマネージャーが顧客向けに提出する運用状況のレポートを、誤りや不備がないか瀬島に調べさせる。実践的な仕事が若手には必要だ。

会社に戻り、投資候補の業績データを目で追う。スマホが鳴る。画面に銀髪の老人が映る。シンガポールに住む父、尊徳《そんとく》だった。忙殺されている豪に、おかまいなしにフェイスタイムをかけてくる。

「いまいいか」

「大丈夫です」

「五分でいい」

五分で済んだ例しはないが、豪は取り掛かっていた仕事から手を放した。

「香港在住のストラテジストと話したんだがな、やはり例のカバレッジ銘柄を買っておいたほうがいい」

近年東南アジアの成長には目覚ましいものがある。売上高が二桁の成長を遂げる企業がめずらしくない。所得水準も上昇している。日本よりずっと未来が明るそうだった。

「そちらはどうだ」

「変わらずです。アベノミクス効果以降、これまで株に関心がなかった個人には中小型株オープンを勧めています」

中小型株オープンというのは、成長性があり割安と判断される中小型の銘柄に投資することだ。日本の全上場銘柄から時価総額上位一〇〇銘柄の大型株を除いた利益成長力のある企業の株を中心に、運用チームが行う企業取材に基づいたデータ方式をベースに組入銘柄を選定している。JPモルガンや野村證券などの大手と同じことをしても勝てない。差別化を図るためにも、アンテナをどこに張るかが重要になる。

わかりやすくたとえると、音楽チャートを作成するとして、オリコンや有線放送といった従来型のデータを基にするか、それとも今風にダウンロードやストリーミングの他に、セールスには直接結び付かないユーチューブなどの動画再生数、ツイート件数まで反映させるかでランキングは大きく変わる。ニッチを突くため、若くてイケイケの会社をプッシュすることもある。最近は専任トレーナーが付いて徹底した糖質制限と栄養学に基づいた食事管理までするダイエットジムが、芸能人を起用したＣＭ効果も手伝い、株価は八年前に上場したときの実に千倍にまで膨れ上がった。今年に入ってからも八倍の急騰。しかしそろそろバブルが弾けるという見方も少なくない。

「初心者が株の面白さに目覚めてくれればいいがな」

あとはファンドマネージャーとしてではなく、親と子の話になった。祖父として孫が気になるらしい。

「亜梨は顔がおまえに似ている。頭のほうもおまえに似ればいいが、女だからな」

古希を過ぎた尊徳の考えは、この世代にありがちな男尊女卑に基づいている。愛孫も成長したらこの世界に入ってほしいと願いつつも、女は株に向かないと信じ込んでいる。

父尊徳の名は祖父が二宮《にのみや》尊徳から取った。祖父は戦局にひた走るゴタゴタに紛れて、金の臭いがする証券取引所に身を投じた。当時はファンドマネージャーなどという呼び名はない。株式仲買人はマシなほうで、株屋と蔑まれた。現在ではコンプライアンス的に許されないことにも手を染めてきた。「日本資本主義の父」渋沢栄一《しぶさわえいいち》と知己《ちき》を得たことが自慢だったそうだ。祖父は豪が生まれる前に亡くなった。父は大学卒業後、祖父の会社を継いだ。会社を大きくしないのは「自分の目が行き届く範囲まで」という祖父の代からの方針だ。教育熱心なのも無学だった祖父譲り。三度目の結婚にしてようやく授かった男の子を豪と名付け、教育費を惜しまなかった。成長した豪はシカゴ大学に留学し、一時はアメリカのシンクタンクに勤めることも考えた。しかし修士課程が修了する頃、父は会社を継いでほしいと頼んできた。それまで息子に見せたことのない、哀願する調子だった。

豪が跡目を継ぐために出した唯一の条件は、父尊徳の片腕的存在である、番頭を切ることだった。子どもの頃可愛がってもらったし、誕生日にはプレゼントをよくもらった。しかし、船頭がふたりいることは利ではない。私情は不要だった。尊徳は反対しなかった。自分の哲学を教え込めば、そのような考えを持つのは避けられないと理解していた。定年を大幅に繰り上げて、番頭一派に暇を出した。会社の持ち株を言い値で買い取り、退社後も権限を与えないようにした。父尊徳も相談役に退いてもらった。

会社を渋谷に移した。若い血を多く取り入れた。三年目に父が代表だったときの取り扱い額を超えた。尊徳は相好《そうごう》を崩した。

「おまえをシカゴ大学のビジネススクールに入れ、MBAを修得させて正解だった」

豪は自分の意思で決めたつもりだったが、親はそう思っているらしい。

これ以上長くなっても時間の浪費のため、豪はフェイスタイムを切り上げることにした。ファンドの資金繰りの管理についてのレクチャーは次回まで取っておく。「なんだそんなことか」と雄弁に語るに違いない。親とはいえ自尊心を満たしてあげるのも厄介だ。

「このへんで。ママによろしく」

尊徳は曖昧に頷く。シンガポールで同居しているが、引退後も家庭を顧みず、現地で新しい女を囲っている。もやもやした気持ちはあるものの、親の離婚を止めることはできない。そしてそれはそう遠くない。

豪は思う。他人の資産運用はできるのに、自分の人生の運用は難しい。

気が付くと社には豪ひとりだった。椅子にもたれて白い天井を見上げる。ゆっくりと慎重に、長い息を吐く。矢のように過ぎる毎日を振り返る暇もない。いつだって彼の前にあるのは消費されるきょうと予想すべき近い未来しかなかった。それでもこの数日間、豪の頭にはいつだってちらつく顔があった。

鐘山明人だ。

あの酒の席以降、一度もＬＩＮＥはない。スマホが鳴るたび、期待している自分がいた。亜梨を保育園に連れて行っても顔を合わせることはなかった。

変わった男だった。豪は仕事柄、様々なタイプの男に会うと思っていたが、今にして思えば一種類でしかない。学歴、家柄、経歴などで、自分を大きく見せようとする輩ばかりだ。しかも金の話しかしない。自信満々にきらびやかな笑顔を見せるものほど虚業家だった。多くの人はたやすく騙される。鏡の前で人を油断させる練習に余念がない者たち。やれ、「〇〇で連日、億の金を動かしてきた」、「△△とはむかしからの友達で」、「バックに××が付いている」。多少の肩書、経歴詐称は当たり前。「アメリカの大学でＭＢＡを修得した」というのでよくよく訊いてみれば、豪と同じ学校だった。「何期生ですか？」と訊ねたら、「いつだったかなあ。ずいぶんむかしのことだから」と返された。「僕も少し知っているんですよ。ランドリエ教授の講義を受けたことがあって」と架空の名前をでっち上げたところ、「懐かしいねえ」と、男は異様に白い歯を剥き出しにした。

リア充パーティーと人脈アリバイのフェイスブックにはあきあきだった。

鐘山明人は浮ついたハイソ・トークとは無縁だった。男の酒席にありがちな、ヤッた女の数を競ったりする下ネタもなかった。他人サゲ、自分のことを水増ししない男に会ったのはいつ以来か。正面に見据えた、くちびるの艶が目の中に浮かぶ。

豪は時計を見る。少し考えてからパソコンをシャットダウンした。

四谷の居酒屋「六甲」の縄のれんを潜ると、前回と同じ奥のテーブルで、やはり前と同じように赤ら顔の髭面が鎮座していた。同じ店で初めて会ってから一週間が経過していた。豪は混んだ店内をかき分けて、男の正面に腰を下ろした。

明人が当たり前のように言う。

「待ってたよ」

店員が豪におしぼりを差し出す。

「中生」

「おや」

明人はにやにやしながら注文する。

「俺も」

店員がビールジョッキを持ってくるまで、豪はおしぼりで顔を拭きながら目を合わせないようにした。平静さを装いたかった。

ふたりの前にビールがふたつ並ぶ。豪がジョッキを掲げる。明人もそれに応える。

「乾杯」

明人は快活に喉を潤す。対照的に豪は表情を崩さない。ビールを一口やると、真一文字にくちびるを結んだままジョッキをテーブルに置いた。

店内は賑やかで、はしゃぎ声も泣き言もここでは均一だった。黙っているのは自分たちだけだった。

訊くなら今しかないと豪は思った。

だけど何と訊ねたらいいのかわからなかった。

「我慢できなかったんだよ」

明人はにこやかに話す。あの日と同じように。

笑うと細く、小さくなる目を、豪は見ていた。なすすべもないような気がした。この感情に名前を付けるとしたら、たったひとつしかない。でもそれを認めるのが怖かった。

「ゲロ、吐きそうで。これを何で堰《せ》き止めようか。で、目の前におたくのくちびるがあったんで」

「あったんで」

「つい」

「つい？　だから……したと？」

「我慢できなかったんだって」

「おい！」

つい声を荒らげたが、まわりは誰も気にしていない。明人は歯茎を剝き出しにする。これは何だ。照れ笑いでごまかそうとしているのか。豪は声を潜める。

「あなたがしたことはきょうび犯罪だぞ。暴行罪だ。わかってるのか」

豪が睨み付けても、明人はにこにこと変わらない。

豪の脳裏にあの夜のことが思い出される。慌てて駐車場に戻り、泥酔した明人を路上から担ぎ上げ、はらはらしながら車を走らせた。迷惑をかけられているはずが楽しかった。明人のマンションの前でくちびるが重なったとき、いつ人に見られるかわからないのに、うっかり目を閉じて、明人の広い背中に手を回しそうになった。

なのに意に反して、はねのけていた。くちびるを拭いながら、「ヘンタイか⁉　あたまがおかしいのか⁉」と罵倒した。その後、明人はちょっと笑うと、黙って踵を返し、マンションの玄関の奥に消えていった。

豪はしばらくの間、立ち尽くした。戻ってこないか、待っていた。

あれはヨッパライの余興だったのか。

ちょっと間に耐えかねて、明人はビールを口に含む。

「怒った顔も可愛いね」

明人は余裕しゃくしゃくだ。豪はムキになるのがバカらしくなってきた。

話を変えることにした。

「鐘山さん」

「明人でいいよ」

「明人さん、建築家なんですね」

「調べたんだ」

「はい」

鐘山 明人（かねやま あきひと、1966年〈昭和41年〉3月30日─）は、日本の建築家。一級建築士（登録番号第○○○○○号）。日本大学大学院生産工学研究科建築工学専攻博士課程。

ウィキペディアまであった。そこにあった略歴や関連項目は短いものだったが、豪は繰り返し読んだ。グーグルで検索すると、わりとメディアに登場していることがわかった。インタビューや、その業界では名の知れている人たちと対談していた。さっぱりした髪型で、髭もない。話していることはまともで、真面目な話をするが、サービス精神旺盛のため、常にひとを笑わせようとしている。行間から熱や息吹が伝わってきた。一度しか会ったことがない自分は知らない、明人の建築家としての顔だった。

「狭小空間《きょうしょう》〝愛は大きい〟を提唱したカリスマ建築家」

明人は小さく手を振る。

「ずっとむかしの話だ」

建坪五十平方メートルに満たない住宅を最大限に活用した家づくり。仕切りを無くして、視覚的な広がりに満ちた室内。豪は建築には明るくないが、どれもシンプルなだけでなく、これ見よがしではない遊び心に満ちていた。

「俺のデザインは、発注先から要望だけでなく、好きな音楽や映画の話も聞く。それを生かした設計を心がけている」

「理想は、風と光の住み家」

「建築こそいちばんの芸術。代理店を通した建物には興味がない。あれはただのハリボテだ」

若さと気負いにまかせた発言。きりりとした目元。自信と野心に満ちた表情がまぶしかった。

目の前にいる気だるげなアラフィフに、かろうじて面影が残っている。

「個人情報保護法とか言っても、いまどきはケータイで簡単にわかっちゃうね」

「どうして」

豪の声に、明人は食べ散らかした小鉢から視線を上げる。

「前ここで飲んだとき、自分の仕事のことを言おうとしなかったんですか」

明人はジョッキの底を見つめる。

「現役じゃないからだよ」

一瞬、明人の笑みが陰ったように見えた。

「結婚して、子育てをしながら建築なんてできない。発注を受けたら、一日二十四時間、建物について考えなければいけない。とてもじゃないけどいまの環境じゃ無理。保育園に迎えに行った後、考えることにフタをして、意識を中断させるなんてできっこない。子どもが大きくなるまで待つしかない。いまは光を保育園に預けている間、むかしの仲間から回してもらった細かい仕事をやっているけどね」

明人の笑みに憂いが沈む。豪はじっと、明人の白い首を見つめていた。

「奥様と、育児や家事は公平に分配しています?」

「言っただろう。美砂のほうが俺よりずっと立派な仕事をしている。いまの俺のいちばんの仕事は育児。二番目が家事。三番目が妻のサポート。妻は俺と一緒に住むようになってから一度も洗濯や風呂掃除をしたことがない。いいんだって。それは俺が望んだことなんだから。

美砂は三十九歳で光を産んでからというもの、体力が極端に落ちて頭も回らなくて、些《さ》細《さい》なことでキレるようになった。たまの休みの日は一日中寝ていてほしい。だけど月に一回ぐらいは光を預かってくれて、外で飲んできてもいいよと言ってくれる。きょうもそう。ありがたいよ」

「近所に親御さんは？」

「俺のほうはとっくに死んでいる。美砂は母親がいるが遠い」

「シッターさんを呼んで、保育園の後も光くんを預けたらいかがですか」

豪は苦い顔をする。

「あのね、気軽に言ってくれるけど、シッターを呼んだらいくら掛かるか知ってるの？四時間で一万円だよ。議員とはいえ、妻は金持ちじゃない。俺もそうだ。そんな余裕はない」

豪は思い出す。まなみはよく、「お友達とゆっくりお茶がしたいからシッターさんを呼んだ」などと言っているが、そんなに高額だとは知らなかった。

「ま、言い訳だよね。みんな自分の時間をやりくりして頑張っている。子育てが嫌なら、なんで結婚したんだって話だ」

「なんで結婚したんですか」

明人は頬杖をついて、思いに耽る顔になる。いちいち様《さま》になっていると豪は思った。

「俺と美砂は出会ってまだ四年ぐらいで。最初のうちは羊の皮を被っていた。狼の耳と牙《きば》がはみ出していることに気付かないこっちのほうが悪いんだ」

「そもそもどうやって知り合ったのですか」

自分ばかり訊いていると豪は思った。

「ツイ婚」

「ツイ婚？」

「当時俺はツイッターをやっていて、自分の名前をエゴサーチしてみた。彼女が俺が設計した建物について呟いていたのでＤＭ《ダイレクトメッセージ》を送った。そこからだよ。間違いの始まりは」

豪がつられて笑う。

「それまでの俺は仕事第一で、女性とは適当に遊んでいた。で、美砂と会って、付き合い始めてわりとすぐにあっちから〝結婚したい。あなたの子を産みたい〟って言ってきて。美砂のことは、名前ぐらいは知っていた。それまで俺が付き合ったことがないタイプで、こんな太陽のような人と一緒に生活するのってどんな感じだろうって思った。それで……うーん、すまん。ダラダラと」

「構わないですよ。自分の奥さんについて話すのって、何を言っても惚気と取られかねないから難しいし――」

明人が豪の喋りを遮る。

「トロフィーワイフを欲していたのかもしれないなあ。建築の世界でちょっと有名になったから、結婚するならモデルや女優とか……でもやっぱりそっちは嫌かな」

良かった。あなたはそんなバカじゃないと、豪は言葉を呑み込む。

「だけど思わない？　誰と結婚したって、不平不満が無くなるわけじゃない。幸せでハイな頃は最初のうちだけで、あとは否が応でもうすのろな日常と付き合っていかなければならない」

　豪が明人の目を見据える。

「それが人生でしょう」

　明人はジョッキのふちからくちびるを離す。

「そうだな」

　うっすらと笑みが戻る。それが豪には嬉しかった。

「平凡な日常を送る中で、ささやかな楽しみは、いつもとちょっと違うことをやること」

「たとえば？」

「いつもと違う道を通ったり」

「通ったり」

「いつもの定食屋で、いつもと違うメニューを頼んだり」

「頼んだり」

「いつもと違う人と会ったり」

「会ったり」

「会う以上のことをしたり」

「会う以上のこと？」

「そう」

店員が注文を取りに来た。明人がおかわりを頼もうとするのを豪が制する。

「明人さん、ここを出て、もう一軒行きませんか」

豪の不意の申し出に、明人はぽかんとしている。豪にとっては何気に勇気を振り絞っての誘いだった。

「僕の知っている店に。タクシーで行きましょう」

「ちょっと待って。妻にメールして聞いてみないと」

明人はスマホをチェックする。時間はまだ二十時前だ。

「返事がない。どうしたかな。光をめずらしく風呂に入れてくれているのか。それとも寝落ちしちゃったのか」

豪はもどかしい思いを抱えた。

——こないだは自分からキスしてきたくせに、どういうことだ。怖じ気づいたのか？

それとも僕のことがそんなに好きじゃない？

その火を飛び越えてこい——強く念じてみる。

明人がスマホから顔を上げる。

「豪さん」

「はい」

「怖い顔してるよ」

豪は口元に笑みを取り繕おうとする。

とりあえず会計を済ませて表に出た。豪の行動は素早かった。手を挙げてタクシーをつかまえる。豪は明人に言う。

「いつもと違うことをしよう」

タクシーに乗り込む。明人も続く。豪が運転手に告げる。

「帝国ホテルまで」

明人の目が驚きを隠せない。車が四谷から日比谷方面へとひた走る。豪はスマホをいじっている。明人は窓の外の夜を眺める。ふたりとも黙っていた。

口火を切ったのは豪だった。明人のほうに向きを直した。

「きょうはお疲れ様でした」

明人は豪の目を見て、瞬時に察知する。明人も豪のほうに姿勢を向ける。

「いえ、こちらこそ」

「おかげさまで契約もうまくいきそうです」

「そうですか。それは良かった」

互いに鞄も持っていない。豪はジャケットだがネクタイをしていない。明人は普段着で、足元はサンダルだ。運転手はどう思っているだろう。

「まったく先方にも困ったもんです」

「おっしゃる通りです」

「あんな言い分が通用すると思ったら大間違いです」

「同感です。ところで気付きました？」

豪が訊ねる。

「何がです？」

「あちら、重大な秘密を隠匿《いんとく》していた」

「………」

「わかりませんでしたか？」

「さっぱり」

明人は豪に顔を近づける。

「カツラでしたよ」

「……それは気付かなかった！」

ふたりは大笑いする。が、運転手が咳払いする。豪と明人は途端に笑うのをやめた。ゆっくりと視線を動かすと、運転手は夜目にもわかるほどのカツラだった。

それに気づいて、豪と明人は互いに下を向いて苦笑を堪えた。

タクシーが帝国ホテルの玄関に着く。

豪だけが下りた。

「ここで失礼します」

「きょうはありがとうございました」

「またメールします」

「はい、こちらからもメールします」

「また」

「はい」

「おやすみなさい」

「おやすみなさい」

タクシーが帝国ホテルを出る。運転手が明人に行く先を訪ねる。

「ここからいちばん近い駅で」

日比谷駅に着いた。明人が料金を払って降りる間際、運転手はこう言い残した。

「バレバレだよ」

タクシーは夜の街に消えていった。明人は舌打ちする。なんだ、だったらさっさとふたりでホテルに入ればよかった。

明人はスマホを見る。豪からＬＩＮＥで部屋番号が送られてきていた。一度尻ポケットに仕舞った後、手元に戻して音を切ると、再び尻ポケットに入れて、目的地へと歩を進めた。


豪はビジネスのダブルベッドに腰かけていた。ひとりで、部屋で待っていた。窓の外はすっかり夜の帳が下りている。

彼は来るだろうか。ＬＩＮＥは既読になったが返信はない。

何か言い訳を見つけて、奥さんと子どもの待つ家へ帰ってしまっただろうか？

怖れをなしたか？　それとも僕のことはそれほどでもないのか？

なんで自分はこんなに積極的なんだろう？　どうかしたのだろうか？

この高揚感や性急さは何だ。いつのこと以来か、思い出せない。

なんでよりにもよって自分より二十も上のおじさんを？　説明がつかない。

酔っているからではない。ただ彼がほしい。

いつもあっという間に時間が過ぎるのに、いまだけは時間がやたらと長く感じられた。

実際は十五分ぐらいしか経っていなかったが、もう来ないんじゃないかとあきらめかけていたところにチャイムが鳴った。

豪はドアまで駆け寄る。開けると明人が立っていた。

ふたりは照れ笑いが止まらない。

明人が室内に入る。ドアが閉まったと同時に、どちらからともなく抱き合った。固く、抱き合った。それから見つめあい、キスをした。

今度は不意打ちではない。酔った勢いでもおふざけでもない。真剣な、後戻りができないキスだった。

豪は訊いた。

「後悔しない？」

明人も同じ気持ちだった。

「するわけがない」

くちびるを求め合った。それからどちらからともなくベッドに倒れ込んだ。

# 3

子どもの頃からわりと勉強もスポーツもできました。だけどクラスでいちばん人気があったのは、可愛くて、おとなしい、自分の意見を言わない子でした。

中学の成績は4と5。内申書のことを考えて、生徒会長に立候補をしました。けれど女の担任は男子を選び、サポートに回るよう私に言いました。あそこで私は、この社会の何かに気付かされたような気がします。

宇多田ヒカルや吉田沙保里でもない限り、この社会で男と張り合うだけムダ。それよりいつだって明るく、やりすぎない程度ににこにこしているほうが、女は幸せになれる。適度にフレンドリーでカジュアル、自然体で無理をしない。ぎすぎすするなどもってのほか。そういったニーズを念頭に置いておけば、女は生きやすい。可愛くしているほうが何かと得。そう割り切ったらラクになれました。

妊娠したら会社を辞めなければならない。どんなに優秀な女性でも出産後はスーパーのレジ打ちしかない。外で戦うより、家で子どもを育てたほうがいい。私の母がそうだった。父も優しかった。「愛された子でなければ愛を知らない」とよく言っていた。いつだって誰にでも感じがいい、いい人たち。

だけどどうしてあんなに存在感がなかったのか。

親のように幸せにならなければならないと、刷り込まれてきたような気がします。まるでライバルのように、自分と比較していたのかもしれない。

豪と出会う前までは年上が好きでした。いいなと思っていた人とバーで飲んでいたら、こんなことを言われた。

「きみは、ほんとは怖い女だよね」

『人間失格』で道化を見抜かれた主人公の気持ちはこんな感じだったのでしょうか。

上のランクの男と結婚して、専業主婦として暮らす。夫の会社の役員に名を連ねて、寝ていても報酬を得る。「いいご身分で」と陰口を叩く人もいたでしょう。だけど私がそれと引き換えにあきらめたものと比べたら、これぐらい当然だと思う。何を望んでいたのか、いまとなっては思い出せないけれど。

私が得たものは、とても小さなものでした。だけどそれに気付いてはいけない。後生大事にして、決して手放してはならない。そうしたら、私は私でなくなる。だから死に物狂いで守らなければならなかった。

明人は自転車で恵比寿にあるアン・ミナールに赴いた。いつもはメールと電話のやりとりが多いが、たまに高田矢須子《たかだやすこ》と打ち合わせがてら昼グリルを楽しむ。事務所兼ギャラリーに足を踏み入れると、バルーンアーティストによる色とりどりの風船が高い天井いっぱいを覆っている。ひとつとて大きさも形も同じものはない。「うちに依頼しに来る人たちの八割はファミリー層。うちを選んでくれたら、一歩目から夢を見せたい」という矢須子こだわりのデザインだ。

矢須子は社員八人を雇う建築事務所の社長。明人はそこでリノベーションの仕事を回してもらっている。矢須子とは二十代の頃、同じ設計事務所で修業した。師匠は厳しい人だった。優しいのは往年の名女優である妻に対してだけ。徹夜は当たり前。手こそ上げないものの、モノを投げたり、暴言を浴びせてきたりは日常茶飯事。新人が数ヵ月で敵前逃亡する中、明人と矢須子は残って戦い続けた。ふたりは固い戦友意識で結ばれた。

三十を目前にして矢須子は独立した。「見る前に跳べ」が彼女のモットーだ。矢須子に触発されて、明人も事務所に辞表を出した。

アン・ミナールは最初の数年こそ下請け、孫請けが多かったが、新築住宅を紹介するテレビ番組で何度か取り上げられていくうち、大きな仕事が舞い込むようになった。近年は芸能人や引退したスポーツ選手のセカンドハウスや別荘の依頼が相次いでいた。彼らは金を出すが、口はもっと出す。スタッフには言えないストレスを、矢須子は明人だけに打ち明ける。

「あいつテレビではいい人ぶってるけど、カミさんには威張り散らして最低だよ。たいした俳優でもないのにさ、ナマで見ると足も短いし、顔もデカい。あんな奴、今に消えるよ」

「おいおい、お客様は神様だぞ」

「お客様が神様なんじゃない。お客様が持ってくるお金が神様なの」

明人にはその傲慢さが懐かしい。勝者のみがそれを許される。矢須子もまた勝ち続けることが自分の存在証明であるかのように駆け抜けてきた。貪欲な彼女は、仕事だけでなく家庭も取った。子どもは来年成人式を頭に三人。男、男、女だ。夫の拓海《たくみ》は五つ下で、矢須子との結婚後、サラリーマンを辞めて専業主夫をしている。子ども三人の弁当はもちろん、アン・ミナールのスタッフの夜食まで用意する。矢須子は二十年間、家事をしていない。運動会や授業参観といったイベントも出たことがない。されど拓海は不満を口にしない。

「男が外で働き、女が家で子どもを育てるのって旧式のモデルだと思います。明人さんもご存知のように、ヤスちゃんって家庭に入るタイプとは程遠いし、建築の才能があってお金を稼ぐなら、僕が家に入ったほうがいい。彼女に思い切り仕事をしてもらったほうが、世のため人のため、家族のためでしょう」

拓海は事も無げに言った。明人は感心しながら聞いていた。

のちに明人が美砂と会って、同じことをしている。矢須子だけでなく、拓海の影響も受けたようだ。とはいえ拓海を見ていると頭が下がる。自分などまだまだ甘いと思える。

「ねえ、いいことあったんじゃない？」

予約が取れないフレンチで、差し向いの矢須子が明人に訊ねる。明人はカシュー仔豚のローストを頬張って、聞こえないふりを決め込む。

明人はここに来るまでのやり取りを思い出す。


この日の朝、明人は保育園で豪と会った。とは言っても、互いに幼い子どもの手を引きながら、素知らぬ顔で挨拶を交わしただけだ。

「おはようございます」

「おはようございます。ライちゃん、おはようって」

周囲には他の親たちもいる。視線を交えるのは一瞬だけ。それ以上は踏み入らない。偶然を装っているが、互いにＬＩＮＥを送り合って、家を出るタイミングを計っている。

「ＬＩＮＥは読んだ端《はな》から消去」がルールだ。

初めての夜以降、明人と豪は逢瀬を重ねてきた。飲みに行ってばかりだと互いの妻に怪しまれるので、平日の昼間に同衾《どうきん》した。明人は光を保育園に預けた後、自由な時間があるが、豪は多忙を極めている。それでも豪は仕事場を抜けて、ＢＭＷで駆けつける。ふたりのことを知る人のいない街のホテルで待ち合わせする。カーテンが開くことはない。

いつも高級ホテルばかり利用するわけではない。金も嵩むし、カードを使えばまなみが明細書を見て足がつく。場末のラブホテルに時間差で入るときの背徳感は、ふたりをたまらなく興奮させた。心地良い疲労から、互いに汗だくで眠りにつくときもある。ショートタイム終了の知らせに飛び起き、シャワーもなしで退室することもしばしばだ。

明人は帰宅後、念入りにシャワーを浴びる。風呂掃除も兼ねる。残滓《ざんし》が付着した下着を洗濯機に放る。こういうとき、家事当番で良かったと思う。

豪に忠告したことがある。

「気をつけてな。奥さんは勘が鋭いほう？」

「わかってるよ。だから終わった後はパンツに付かないよう、ティッシュに包んでいるんだ」

「え、何を？」

「ナニを」

ふたりはくすくす笑う。

「包んだティッシュはどこに捨てるの」

「もちろんトイレだよ」

「帰ると同時に奥さんがパンツの中をチェックしないの」

「ご無沙汰だよ」

思い出し笑いを堪えるのが大変だ。

「明人、絶対なんかいいことあったと思うなあ」

矢須子は食い下がる。

「なんもないよ。いつもと同じだよ」

「いや、あたしにはわかる」

マッシュルームのスープを、音を立てて啜る。

「やだー、おじさんみたい」

「しょうがないだろ、おじさんだもん」

「むかしはもうちょっとかっこよかったのになあ」

話をそらすことができたと思ったのも束の間だった。

「オンナでしょ」

すぐに反応してはいけない。矢須子の思うつぼだ。間をたっぷりと置いてから、悠然と返す。

「ちぃーがーうーよー」

「あたしの目を見て言える?」

「違います」

明人は矢須子に顔を寄せる。こいつも老《ふ》けたなあと思うが心の中に仕舞っておく。

「そ。じゃあ信じてあげようっかな」

「俺のことよりさ、ダンナも子どもも元気？」

矢須子の顔が気色ばむ。

「メグがお父さん子でさー、私が家に帰っても――」

「家に帰ってもって、事務所の上じゃないか」

アン・ミナールの三階と四階が矢須子一家の家だ。何度かお邪魔したことがあるが、矢須子の趣味全開の部屋で、子どもがいるにもかかわらず、よく整頓されていた。もちろん拓海のおかげだ。

「あたしの顔見ても全然喜ばないしさー。こないだもへとへとで帰宅ったのに拓海がいなくて、あれ、あたしのメシは？　って電話しても出ないし、家じゅう探したらメグと寝てた」

「メグちゃんいくつになったっけ」

「十二だよ！　来年中学。いまだにお父さんの添い寝が要るの。あんなんで大丈夫なのかなあ」

矢須子の悲鳴は泣き笑いを帯びているが、深刻なものではなく幸せをアピールするものなのだと、付き合いの長い明人にはわかる。

「しょうがないんじゃない。矢須子んチは、父親と母親の役割が世間と逆なんだから」

「あたしだってさー、ほんとは家で子どもとダンナの帰りを待つ、エプロンが似合う奥さんをやってみたかったんだよ」

「古いよ、その家庭像。矢須子にもっとも向いていないのは良妻賢母だろ」

「ひってぇー」

「でもまあ矢須子はたいしたもんだよ」

「まだまだ。こんなもんじゃないから」

矢須子はいま、静岡にある医療センターの新規受注に専念している。「未成年」とフランス語で名付けた事務所も来年で二十年になる。男社会の建築業界だが、女性だろうと性別に関係なく、明人は素直に矢須子をすごいと思える。

アン・ミナールから呼び出しの電話が鳴る。メールをしても返信がないので、アシスタントがかけてきたのだ。そうでもしないと彼女はいくらでもおしゃべりを続ける。

「社長、毎度ごちそうさまです」

明人は慇懃《いんぎん》に頭を下げる。

「じゃあまたねー」

子どもを三人産んだとは思えない、矢須子の細い肢体が交差点の向こうへと消えていく。

明人の掌に、矢須子が別れ際、強く握った手の感触が残る。むかし一度だけ、戦友の関係を飛び越えた夜を、明人の脳裏に甦らせる。

スマホのアラームに、明人はパソコンから顔を上げる。光を迎えに行く時間だ。いつも「ようやくノッてきた」というところで時間が来てしまう。明人はあきらめてパソコンの電源を切り、光の夜ご飯の支度に取りかかる。支度と言っても、たいしたものではない。冷凍したご飯をレンジで温めて、ふりかけをまぶして味付け海苔で巻く。おかずはレトルトのミートボール。完全に手抜きだが「国産で無添加」を免罪符にしている。それをやはりレンジで温めた冷凍ほうれん草といっしょにソースに絡める。これで一丁あがり。帰宅してテーブルにご飯がないと、光の機嫌はすこぶる悪い。だから家を出る前に夕飯を作っておく。家から保育園まで三分とかからないため、行って戻ってきても料理が冷めない。

つっかけで保育園に着く。預かってもらえるギリギリの時間である十八時には、残っている子どもたちの人数も少ない。たいていはひとつの教室に集められて、三、四人の保育士がまとめて面倒を見ている。

「お疲れ様です」

明人は保育士に挨拶する。子どもたちの群れから離れたところにいた光が、父親の姿を見かけて駆け寄ってくる。

「ママ！　ママ！」

光は明人のことをそう呼ぶ。美砂に対しても同じだ。何度も「パパって言ってみて」と言い聞かせるのだが、望み通りに光が発したことはない。

光は言葉を覚えるのが遅い。二歳半にして、数えられるほどの単語しか出てこない。目下、明人と美砂のいちばんの悩みだ。

こちらの言っていることはわかる。耳もよく聞こえている。アニメのアンパンマンを観ながら、ばいきんまんがドジを踏むシーンにけらけら笑っている。しかし光は「アンパンマン」としか喋れない。「ばいきんまん、でしょ？」といくら言っても、親から目線を逸らそうとする。本人も思うように話せないことがつらそうに見える。

光と同じクラスの二歳児の子たちが「らいとくんのパパ！」と言いながら、明人のところにやってきた。明人は顔なじみの子どもたちに囲まれる。

「なにがかいてあるの？」

明人の胸のあたりを指さして訊ねる。明人は腰を下げて、子どもたちと同じ目線にする。

「これはね、ガウディっておじさんが建てた、サグラダ寺院。スペインにある」

「すぺいん？」

「日本から遠く離れた外国だね。暑いよお」

二十年以上前に訪れたバルセロナで買い求めた、観光客向けの安いTシャツを明人はいまだに手放さずにいた。あこがれの建造物を目の当たりにしたときの感動は今も彼の中にある。ガウディはサグラダ寺院を未完のままこの世を去ったが、巨匠が大いなる宿題として人類に託したのだと思っている。

「すぺいんしってる！」

「すごくかっこいい！」

「おっきい？　どれくらいおおきい？」

子どもたちが矢継ぎ早に話しかけてくる。どの子も単語ではなく、文章にして受け答えができる。焦るなというほうが無理だった。光は明人の膝の上で、つまらなそうな顔をしている。光もおしゃべりに参加できたら、相手が子どもだろうと、明人はサグラダ寺院について熱く語っていただろう。わが子の拗《す》ねた顔に、現実に引き戻される。

教室のドアが開く。二十代半ばくらいに見える若い母親だった。保育士が呼び声を上げる。

「アリちゃーん、ママがお迎えに来たよー」

女の子のグループの輪を抜け出して、亜梨がトコトコと床を鳴らして現れる。誰にも気づかれないよう、明人はまなみを凝視した。

まず、顔が小さかった。ナチュラルメイクと長い髪を後ろで上品に纏めることで、十人並みの顔を特徴づけることに成功していた。衣服はブランドものだろう、コンサバ系のカットソーのスカートでウエストの細さが目立ち、スタイルの良さを引き立たせている。さしずめ愛読している雑誌は「ＶＥＲＹ」に違いない。豪の家は保育園の目と鼻の先。顔を合わせるのは保育士と保護者だけ。それでもこの身なりを毎日やっているのか。隙を見せようとしない高姿勢に、女の凄みを感じた。

「どんな奥さん？」と豪に訊ねたことがある。自分でも口調が女っぽいと思った。

「普通だよ」と豪は明人の目を見ずに答えた。

確かに「普通」だった。「私はあなたたちとは違うのよ」と、他者へのバリアの張り方が、「凡人」ならではのものだった。

ライバルとは思わない。むしろひとりの男を共有する連帯感があった。それはもちろん「自分のほうが上」という、根拠はないが絶対的な自信からくるものだった。

明人は光を抱っこすると、まなみと入れ違いに、教室から去ろうとした。そのときだった。

「光くんのパパですか?」

まなみが声をかけてきた。明人は振り返る。

「はい?」

あなた誰ですか? と、明人は顔に書いてみた。

「私、有馬の家内です。夫と飲まれたそうですね」

先ほどまでとは打って変わった、作為の感じられない微笑みだった。明人はいまようやく気付いたような表情を演出した。

「ああーーどおもーー」

「有馬の家内です。主人がお世話になっております」

まなみが丁寧に頭を下げてから、顔を上げる。つっけんどんだった眦《まなじり》が優しげに下がっている。だまされるものかと明人は思う。

「主人は仕事仕事の毎日で、私なんかがわからないほどストレスが大きいと思うんです。でも先日、〝光くんのパパと飲んできた〟って、久し振りに嬉しそうな顔をして帰ってきて。あの人いつの間にパパ友なんてできたんだろうって驚いていたんです」

明人は意識して一拍遅らせる。豪と夜に酒を飲んだのは二回しかない。一度目は別れ際に怒らせたとき。二度目は初めて結ばれた日。おそらく後者のほうだろう。

「いやーこちらこそ。有馬さんにはタイヘンお世話になっています。あー、こんなに綺麗な奥様だとは存じませんでした」

まなみは笑う。本気にするなと明人は思う。

「これからも仲良くしてあげて下さい。あの人、友達がいないみたいですし」

「あはは。それは俺も同じです。今後ともよろしくお願いします」

頭を下げて教室から去る。明人は下駄箱で光の靴を履かせて、手を繋ぎながら帰る。

「アンパンマン、アンパンマンっ」

光は家に帰るなり、録画したアンパンマンを催促してくる。テレビに夢中なあまり、ご飯を摂るのが疎《おろそ》かになる。明人は光の口元に子ども用のスプーンで掬ったミートボールを運ぶ。それでもなかなか食べようとしないが根気よく付き合う。それが済むと、明人は近所のスーパーで買った自分用の総菜を温める。光が欲しがるのであげる。テレビは相変わらず「アンパンマン」だ。明人は観たい番組はあるものの、「アンパンマン」さえ見ていれば光はおとなしい。

二歳になってからずいぶんと手が離れた。一歳になるまではハードだった。抱っこしてあやしても泣き止まなかったり、美砂が出張で不在の夜に吐かれたりと、育児ノイローゼになる母親の気持ちがよくわかった。思い通りに生きてきたはずが、人生で初めて振り回される立場になった。

「育児を押し付けられている」と、不公平を感じた。仕事ができない焦りが膨らんでいった。不満を口にしたが、美砂は黙って聞いているような女ではない。高齢出産でホルモンバランスが崩れ、冷静な判断ができない彼女と諍《いさか》いになり、「離婚する！　出ていけ！」と大騒ぎになった。「誰が光の面倒を見るんだ？」と訊いても、「託児サービスに任せればいい」と叫ぶ。些細な言葉をあげつらって明人をやり込めようとし、夜中に光を抱いて、出ていこうとしたこともある。明人は裸足のまま美砂を追いかけた。出産から二年半。ようやく美砂のエキセントリックさが影を潜めてきた。ここまで長かった。

しかし現在も状況はさほど変わらない。

土日や連休が続くときや、光が熱を出して保育園を休まなければならないときなど、世話をするのは明人だ。当たり前になりすぎているため、美砂から取り立てて感謝の言葉もない。明人は仕事ができる美砂が羨ましい。

明人は光にご飯を食べさせ、外に連れ出し、一緒に遊び、おむつを替え、絵本を読み、昼寝をさせ、おやつをあげ、また外に出し……。一日の終わりにはワンオペ育児に疲れ果ててしまう。

光のことを、こころから愛しいと思う。しかし数時間でいいから自分だけの時間がほしいと思う。明人だけでなく、世の母親はそう思うだろう。しかし世間は許さない。

「彼氏のことは好きだけど、一日にちょっとでも別の時間がほしい」

もっともな望みだ。しかし「彼氏」のところを「赤ん坊」に置き換えると、世間は怒り出す。

「子どもと別の時間がほしいなんて母親失格だ。母親の資格がない」と。

世の中の母性信仰にはぞっとするものがある。明人は自分が光を育てて、よくわかった。

小さい子がいても電車やバスで席を譲らない。大衆的な飲食店でも、赤ん坊が泣くと露骨に嫌な顔をされる。思わずカッときて、すべて投げ出したくなることもある。けれどこの手を離せるわけがない。抱っこの温もりは何物にも代えがたい。

美砂はしょっちゅう言う。

「ほんとに可愛いね」

——たまにしか会わないからそんなことが言えるのだ。

こんなに可愛い盛りの子といる時間が少ないなんて可哀そうに。俺ばかりこの子を独占して申し訳ないな。

そう思うことで美砂を許す。不公平感を自分の中で解消させる。

「明人、いつもありがとね」

余裕があると、美砂は礼を口にする。しかし明人は許す気にはなれない。

向こう十年は、仕事も思うようにできないだろう。豪のことは好きだが、美砂への復讐もあるかもしれないと明人は思う。美砂がめずらしく七時前に帰ってきたとき、明人は、「ひとりで飲んできていいかな」と訊ねた。そして豪との関係が始まった。

＊

その日は、夜の十時近くになって、光と風呂に入った。今夜も勉強会と称して、美砂の帰宅は遅くなる。彼女が帰ってくる前に光を寝かしつける。

「寝ているときがいちばん可愛いよ」

親の口癖を思い出す。まったくその通りだなと思う。設計で頭を使った日は、明人も一緒に寝てしまう。少し尿意を催したが、玄関を開く音が聞こえたため、ベッドから出るのをやめた。眠りにつく前に、豪におやすみのＬＩＮＥを送った。「保育園で奥さんに会ったよ」と書き添えて。

昨日と見分けがつかないほどの、いつもと同じ日だった。しかしその日の明人は、保育園の教室を出た後も、家で光と一緒にいるときも、常にまなみの視線がまとわりついているような気がした。

# 4

「どうして政治家になったのか？」と訊かれて、「男に生まれなかったから」と答えたことがあります。

せめて政治家になれば、男と対等になれるはず。そう信じていた。

結婚した当初、人からよく言われました。

「おまえのことだからもっと有名人と結婚するのかと思ったよ。大物政治家とか、警察官僚とか、それとも金持ちとか」

権力志向の強い女だと思われているのでしょうね。ずっと誤解されています。

あの人は本当に楽しい人でした。

仕事の肩書に惹かれなかったと言えばうそになりますが、出会ってすぐに、この人の子どもを産みたいと強く思いました。

不思議な魅力があるから。だから女性以外にもモテたのでしょう。

結婚後も私の仕事をよく理解してくれました。「美砂、この国は女性の地位が低すぎるよ。ベッドと台所でしか女性が求められていない」と、考え方も一緒で。

「政治家としてもっとアピールしなきゃダメだ」と応援してくれて、そうした後押しがあったから、光を議会に連れて行きました。当時は「パフォーマンスだ」などといったご批判も頂きましたが、一石を投じることができた手ごたえを感じたものです。

北欧では女性議員が議会を傍聴しながら赤ん坊におっぱいをあげています。まだまだ時間はかかりますが、日本でも同じ光景がめずらしくないようにしていきたい。

保守的な方々から叩かれて、落ち込むことがあっても、彼はいつも慰めてくれました。

「いつだって俺は美砂の味方だよ」って。

私は、信じていたんです。

それが、あんな風になっていくなんて、当時の私は忙しすぎて、気付いてあげられなかったのだと思います。

でも今にして思います。体《てい》のいい能書きは全部捨てて、私がいちばん欲しいのは、もっとも抱かれたいと思っていたのは、優しい夫でも、可愛い子どもでもなく、大きな権力なのだと。今ならわかります。

美砂は朝五時に起床した。昨夜家に帰ってきたのは夜の十一時過ぎ。帰宅してからもしばらくだらだらしていた。忙しかった日ほど、こうした時間が欲しくなる。風呂からあがり、長い髪にドライヤーをかけ、その後も関係各所にメールをした。一時にベッドに入るとき、光の寝顔を見る。可愛くて仕方がない。生まれてくれてありがとうと思う。明人も寝息を立てている。抱きしめられながら眠りにつきたいが、この頃は明人が先に眠っているため叶わない。明朝も（と言っても数時間後だが）明人が起きないよう、スマホのアラームを最小のボリュームにしている。「俺も目を覚ましちゃったじゃないか」と何度か怒られたことがあるからだ。とはいえテレビの生放送なので寝坊は許されない。緊張したまま眠りにつくため、あまり深く眠れない。ダブルベッドの端にスマホを置いて、美砂はシーツに横たわった。

朝七時、TOKYO MXのニュース番組「モーニングCROSS」に出演する。MCの堀潤《ほりじゅん》が番組を進行している。一時間半の生放送で、日替わりのコメンテーターがいま気になることをテーマに、七分ほどの持ち時間を好きに喋っていいコーナーがある。月に一度の出演で、ギャラもさほどではないが、美砂は毎回張り切って話す。これまで「性暴力の被害者支援」「放送法四条と公職選挙法一五一条」「実名報道の問題点」などについて語ってきた。隣に保守とは名ばかりの極右系論客や、時代とズレた老害が座ると、美砂の話を遮ることもしばしばだ。

この日はこんなことがあった。政権寄りで有名な大手新聞社の論説主幹だ。

「どこからがセクハラか全然わからんよ。結局あなたたちは同じ発言でも若くてイケメンならオッケーなんでしょ？　それってあなたたちが好んで使う〝差別〟とどう違うの？　男は勉強して社会で働いて苦労して偉くなっても、あなたたちのきまぐれな匙加減で人生が転落するんだよね。いまの時代は女が最強だよ」と、したり顔で言ってきた。

美砂は即座に反論した。

「いまの発言はあなた個人ではなく、あなたが勤める新聞社の総意と捉えてもよろしいですか？」

論説主幹が言い返すより先に美砂は畳みかける。大学で弁論会に所属していた彼女には、ディベートはお手のものだ。

「まさかあなたは上司として新人の女性記者に、〝情報提供の見返りにセクハラぐらい甘んじて受けるのが一人前の記者の証《あかし》だ〟などと教育していませんか？」

「断じてない！」

「そうですか。官房長官の定例会見で、ひとり気を吐いて質問をする部下の記者に対してあなたは、〝何でも直撃質問すればいいと思っている厚顔無恥の女性〟〝ただのおバカかピエロ〟などと、パワハラ発言をしているぐらいですから、〝寝床でネタを取ってこい〟などと命じているのかと思いました。逆に男性社員がセクハラをしても〝記者として優秀だから〟などと擁護したことはありませんか？」

「うちはそのためのセミナーをやってますよ！」

「この国は他国に比べてレイプや性的虐待の事件件数が少ない。被害者が警察に訴えることはしない。〝冤罪だ〟とか〝ハニートラップだ〟とか〝やられたほうも悪い〟〝どこからがセクハラなのかわからない〟などと被害者を二次加害する人が多いからです。セクハラ防止のセミナーも結構ですが、人権教育のセミナーも開いて下さい、ぜひ」

美砂は舌鋒鋭く論破した。論説主幹は苦虫を嚙み潰した顔になる。

放送終了後、論説主幹は立腹を隠そうともせず、挨拶も早々にスタジオを後にした。

美砂も局を出る。秘書の運転で半蔵門からきょうは高輪に向かう。その間、ツイッターで視聴者の反応をチェックする。

〝朝から息苦しいよ。セクハラセクハラって男を萎縮させないでくれ　＃クロス〟

〝あの美砂とかいう女、絶対不感症だぜ〟

〝女性の中でも、ああやって一部の女性がセクハラだって騒いでいるのが嫌で、迷惑だと思っている女性は多いんじゃないかなあ。＃クロス〟

〝あの女は反日だ！　絶対に日本人じゃない。こんな奴をテレビに出すな！　＃クロス〟

〝東雲美砂って結婚してるんでしょ？　だんながかわいそうだな。家庭でもやり込められているると思う〟

などと書き込まれている。連中のプロフィールを読むと、「普通の日本人です」「日本人に生まれたことを誇りに思います」などとあり、滑稽なほど威勢のいいツイートを書き込み、所謂《いわゆる》ネトウヨと呼ばれる人たちを積極的にリツイートしていた。

明人からはよく、「わざわざエゴサーチして、そんなネガティブなツイを読むな」と言われる。

「私の名前でググると予測変換で〝左翼〟って出るの」

「よかったな。その単語が出たらいまどき、まともな人ってお墨付きを得たようなものだ」

セクハラ野次騒動以降、メディアに呼ばれるようになり、美砂の知名度は上がった。そのたび「タブーのない女都議」をアピールしてきた。ネットで叩かれたぐらいで凹《へこ》んでなどいられないと、美砂は自分を鼓舞する。

白金高輪駅に到着する。ここで通勤中のサラリーマンに向けて演説する。通称、駅立ちだ。美砂は選挙期間中だけでなく、平日は雨の日も風の日も、選挙区である港区の主要駅で、初めて議員に立候補してから九年間続けている。きょうはテレビの生出演があったため、いつもより遅い。

美砂がスピーカーを手に、ビールケースの上に立つ。傍らで秘書が美砂の名前が入ったのぼり旗とチラシを持つ。いつも旬のテーマと直感で話す。

「みなさん、この国はおそろしいほどの男社会です。女性の社会進出が叫ばれて久しいですが、女性が大企業の管理職に占める割合や、女性が議員に占める割合は、先進国の中でも最低です。裁判官、弁護士はおよそ二割。衆議院議員は一割未満。女性知事は全国でたったの三人です。女性が男性より劣っているからだと思いますか？

それに、女性の私が言うのもどうかと思いますが、出世した女性の中でも旧式の男性的価値観を継承、追随した〝名誉男性〟が多いのではないでしょうか。いまお聞き頂いている女性の中でも、賛同して下さる方がいらっしゃると思います。

世界の男女平等ランキングで日本は一一四位。一位はアイスランド。二位はノルウェー。三位はフィンランド。日本はロシア、中国、インドよりも下です。このランキングを聞いてもピンとこない人が大半でしょう。自分が古い価値観の中に置かれていることに気付いていない。気付きたくもない。しかし、それでいいのでしょうか？　みなさんひとりひとりが、意識改革が必要なのではないでしょうか」

議員になる前から肌で感じていた。「ガラスの天井」があって、女は決まった高さまでしか行けない。美砂の通った大学でも、男の先輩から何度言われただろう。

「女のくせに生意気だな」

「キレイなんだから、にこにこしてるか、黙っていればいいのに」

大企業で数年働いたが、重要な仕事は与えられなかった。逃げるようにイギリスに語学留学し、ホスピタリティマネジメントを学んだ。帰国後、「このままではいけない」と、当時流行ったベンチャー政党の塾生になった。世話になったが美砂には冷徹な状況認識があった。「ここではダメだ」と、翌年、民主党に入党。二〇〇九年の東京都議会議員選挙に、実家のあった港区から出馬した。コネも金も知名度もない美砂にとって唯一の武器になったのが「ミス早稲田準グランプリ」の称号だった。「女を武器にしたくない」というジレンマを抱えながらも、世間の男から票を得るためには、なりふり構ってはいられなかった。

美砂は初挑戦で初当選を果たした。三十三歳のときだった。国会でも民主党が政権与党になったが、バブルは三年あまりで弾けた。二〇一三年の二期目の選挙では苦戦を強いられた。「先生」とおだてられていた多数の同期議員が特権階級から脱落する中、美砂は僅差で生き残った。同じ頃、鐘山明人と出会った。

美砂は声を張り上げる。足を止めて聞く者は少ない。自分では辻説法だと思っている。若い女性から握手を求められることもあるし、男から嫌がらせを受けることもある。たいていは中年男性か老人で、スーツではなく、くたびれた服を着て、こう言っては何だが、見るからに無職だ。

この日はやたら肌艶のいい老人グループが陣取っていた。美砂が話すたび、うんうんとしきりに頷き、拍手を送ってくる。まるでよき理解者だとでも言いたげに。演説が終わるとおずおずとひとりが近づいてきて、「これにサインをください」と、男性向け週刊誌を差し出してきた。グラビアページで、「いちばんエロい女性議員は誰だ!?」という特集だった。老人はサインをもらうと、粘っこい握手を求めて去っていった。

この程度の嫌がらせなどたいしたものではない。議員生活も三期目に入った美砂にとって慣れっこになった。むしろギャラリーが増えるので、凶器さえなければいつでも受けて立つぐらいの気持ちがある。

初当選後、駅立ちをしていたら、自民党支持者の男から水をかけられたこともある。あのときは怖かった。通行人が警察を呼び、男は現行犯逮捕された。その様子がユーチューブに上がった。コメント欄に「自作自演だ。水をかけた男は東雲美砂の選挙スタッフだ」などといったデマが書き散らされていた。

美砂はその場で一礼し、自分でビールケースを運び、離れた場所に停めていた車に乗り込む。演説した場所のそばに車を停めてはいけない。「こいつは偉そうに、女のくせに男に車を運転させているのか」と思われるからだ。たとえ車がワゴン車だとしても。

事務所に着く。仕事が山積みだ。昨年、民進党を離党し、八人の議員とともに立ち上げた立憲民主党に鞍替えした。美砂の現職はまちづくり・子育て等対策特別委員会委員長、港区議会五輪・パラリンピック対策特別委員会副委員長など、多岐に亘る。ましてや本会議が近い。これから午前中に区議会で会派総会に出席し、その後も交通問題特別委員会、総務区民委員会と目白押しだ。今夜も帰りは日付を超えるだろう。グーグルカレンダーに埋め尽くされたスケジュール表を明人も自分のスマホでチェックできるようになっている。しかしこの時期はずれ込むのが当たり前と、議員の夫として承知している。

それにしても――と美砂は思う。明人はなぜ昨夜、寝たふりをしていたのか。ベッドの嘘くさい寝顔に、一日の疲れがどっと押し寄せてしまった。美砂自身、子どもを産んでから性欲がどこかへ行ってしまった。これは自分でも大きなショックだった。事情を素直に話してから、明人は求めてくることをやめた。以前訊ねたら、「ひとりで処理しているよ」と話していた。

美砂は頭の中で打ち消す。きょうも忙しい一日になる。

＊

——僕も奥さんを見たよ。

自宅で仕事中の明人に、豪からＬＩＮＥが届いた。明人は仕事の手を休め、どこで？と送る。即座に返事が来る。

——仕事で白金高輪駅に直行したら奥さんが演説をしてた。へんなおじいさんたちがまとわりついていた。

既読にはなるものの、明人からＬＩＮＥは来ない。豪は続ける。

——止めに入ったほうがいいのかな？　ってちょっと思っちゃったよ。

しばらくして明人から返信が来る。

——何も問題はなかったんだろう？　俺のとこにも何も言ってこないし
——心配じゃないの？　奥さんはテレビにも出るし、有名人だし。

——よくあることだよ
豪は明人の冷淡な一面を見た気になる。返信を戸惑っていると、明人からスタンプ付きで、いまから会えない？　とＬＩＮＥが来た。

落陽がロー・アンバーの変則的な建物を染めていく。とはいえ六月のこの時期、日はすっかり長くなった。十九時近くになってようやく夜の帳が下りようとしている。気象庁は梅雨入りを宣言したものの、今年は空梅雨になると予報していた。

帝国ホテルの一室では、シャワーを浴びる時間を惜しむように、ふたりの男が激しく求め合っていた。初めて結ばれた夜と同じホテルは、ふたりの情熱を掻きたてた。

「俺の尊敬する建築家はフランク・ロイド・ライトなんだ。スペルが違うことは承知で自分の息子に光と付けた。ゴーちゃんが帝国ホテルを予約してくれたときは嬉しかった。俺のいちばん好きなホテルだったから。この人は俺のことをわかってくれると思った」

明人は胸の内を明かす。豪はほくそ笑む。

「ヘタなホテルには行けないと思っていたからだよ。ひょっとしたらお互い呼び出しの電話があるかもしれない。だったらもっと近場のほうがいい。だけどそれだと知っている人に見つかるかもしれない。色々考えて帝国ホテルにしたんだ」

「高いのに、すまない」

「そんなこと気にしないで。それはそうと、ライトが設計した帝国ホテルと、いまの帝国ホテルは別物でしょう？　それはアキの中で問題ないんだ？」

明人は豪のそばかすの浮いた背中にキスをしながら答える。

「形を変えても愛は残る」

ここを訪れる前、明人はアン・ミナールを訪れた。保育園から引き取った光を、矢須子の家に預けに行ったのだ。

「すいませんね。妻は委員会が長引くって言うし、俺もきょうはこの子を連れて行けなくて」

「大丈夫ですよ。たまにはゆっくりしてきて下さい」

矢須子の夫である拓海に抱っこされると、光は途端に泣き出した。矢須子が目を細める。「懐かしいわー。あんたたちもこんな小っちゃかったのよ」

久し振りに矢須子の子どもたちを見る。しばらく見ないうちに、みんな驚くほど大きくなっていた。長男の一貴《かずたか》など一家の中でいちばん背が高い。末娘のメグが眼鏡の奥から光を覗き込む。

「おとなになんかならなくていいのに。明人もいまのうち、いっぱい抱っこしておいたほうがいいよ。大きくなったら冷たいんだから」

「美砂より俺のほうが抱っこしてるよ」

矢須子が思わず噴き出す。

「むかしの友達と飲み会でしょ？　急ぎなよ」

「ありがとな。どうしても子どもが嫌いな奴がいてさ。中学のときの奴なんだけど。たばこを吸うから、光をそばに置きたくないし」

嘘を糊塗《こと》するために饒舌になる。矢須子に預けることを美砂にも伝えていない。どうせ今夜も帰りは遅くなるし、へたに報告すれば、怪しまれるのではないかと思ったのだ。

「じゃあな、ライくん。すぐにパパ戻ってくるからな。いい子にしててな」

明人は泣きじゃくる光を高田家に預けて、帝国ホテルまで駆けつけた。

豪も同じようなものだった。仕事は残っていたが適当な理由を付けて瀬島を帰らせた。

「了解しました。営業部長もきょうは直帰すると連絡がありました」

豪は頷く。部長はおそらく風俗だろう。彼が「経済動向調査」と称してオフィスを抜け出し、五反田に通っていることに、豪は目を瞑っている。

運用成績こそすべて。株を動かす者に、下半身のモラルを求めるものではない。

豪はBMWの中で待ちきれず、ネクタイの結び目に手をやった。

これまでファンドマネージャーを夢見る若者に「どんな人が向いていますか?」と訊ねられると、豪はこう言い切ってきた。

「客観的に自分を見ることができるか。分析し、先を見通すことができるか。自分をコントロールする能力を持っているか。お客様に多額の損失をさせたとき、折れない心でいられるか」

思い返すと失笑してしまう。なにが「客観的に自分を見ることができるか」だ。なにが「自分をコントロールする能力」だ。できないからこの体たらくではないか。

火が付いたふたりは抱き合うと、もっと大きな炎に包まれた。灰になるまで、互いを燃やし尽くそうとせんばかりに。

ホテルを出るのは時間差。明人が先に、豪が後で。

明人は疲労を感じつつ、足取りは軽い。手土産を携えてアン・ミナールに急ぐ。今夜は寝たふりなどせず、美砂が帰ってくる頃までには心地良く、眠りの世界に浸れるだろうと思う。

豪は本館とは別の立体駐車場からBMWに乗り込む。ミラーの位置を直し、深呼吸をする。スマホをチェックし、まなみからは何もないことを確認する。帰宅を急ぐ必要はなさそうだ。車のシートにもたれ、先ほどのことを反芻する。ティッシュに包まれた男性器がじんわりとまた固くなる。思い出し笑いもほどほどに、豪はエンジンをかけ、そこから去った。

太い柱の陰に、ばらばらに出てきた明人と豪をじっと見ている女がいることを、ふたりとも気付いていなかった。

# 5

なんであんなことをしたのか、今もわからないんです。

あの人はとても優しかった。一緒に歩道を歩いていても、「危ないよ」ってあたしに車道側を歩かせたことはないし、ごはんを食べに行っても、あたしの分までお皿に盛ってくれた。

あれの後も、先に寝たことは一度もなかった。あんなに優しい人を、他に知りません。でも一度、「あたしのどこが奥さんよりいいの?」ってめんどくさいことを訊いたら、あの人は小さく笑って、答えてくれなかった。男の人って、ずるいですよね。

むりやり別れさせられた後、別の男とも付き合ったけどうまくいかなかった。抱かれながら、あの人と比べていた。うっかり名前を呼ばないようにしていた。あの人のことをあきらめきれなかった。

ひとつだけはっきり言えます。

あたしが悪いんじゃない。あの人の奥さんが悪いんです。

かわいそう。あたしだけが理解してあげられると思っていた。

どうしてかわいそうだと思ったか？　あの人はあたしに愚痴ったり、弱みを見せたりしたことはありません。でもあたしにはわかったんです。

あの人を尾行して、相手が男とわかったときはショックでした。なんでもありなの？　って。そう思ったら、きれいさっぱり、あの人への思いが消えました。

後悔していません。許せなかった。それだけです。

何度でも言います。悪いのは、すべてあの人の奥さんです。だからあの人は浮気を繰り返した。そうだと思いませんか？

それにあたしがあの人の奥さんだったら、あんな結末にはならなかった。

――ゴーちゃんの家に行ってみたいなあ
豪が社内ミーティングを終えてスマホを覗くと、明人からLINEが来ていた。五十過ぎの男からとは思えない、目がハートマークのうさぎのスタンプが添えられていた。
――まなみがいつも家にいるから無理だよ。それよりアキちゃんチのほうがいいんじゃない？

今度は拗ねているうさぎのスタンプだ。

——ゴーちゃんの家に行きたいんだよ
豪は返す。

——たいしたもんないよ。

——なくていいの！

「乙女か！」と豪は思う。しかし嫌な気はしない。椅子の背にもたれながら、豪は適当に返す。

——よっしゃ、決まりだね。俺だけ行くのも怪しまれるから、美砂もライも一緒だな。でも美砂はいま忙しいから、それが済んでからだな。来週以降になりそう。

——OK。

豪はスマホを置いた。そばで瀬島が待っていた。長身のすらりとした影がそばで立っていることに気が付かなかった。

「社長、以前よりスマホを見られますね」

そうか、と豪は気のない返事を見せる。気を付けなければいけないなと、豪はやりとりしたLINEをすべて消去した。

——ゴーちゃんの家に行ってみたいなあ
明人の場合、それが悪意のない要望だとわかる。

しかし短いながらも一語一句同じ文章だったため、豪の脳裏に、かつての女を思い出させた。

＊

本会議は荒れに荒れた。いつもよりマスコミや傍聴人が多かった。かつてのヤジ事件を期待していたのだろう。美砂が壇上に立っただけで、一部から拍手が巻き起こった。

美砂はまず、先月認可外保育施設で起きた生後六ヵ月の赤ん坊の死亡事故について取り上げた。

「都は保育従事職員が配置されていないことを把握しておきながら、改善勧告を出したのは死亡事故の後でした。ご遺族のお母さんが園のホームページに、保育士三人と書いてあったため、疑うこともなくお子さんを預けました。しかし、事故後に、実は保育士の資格を持った人がひとりもいないことを知りました」

美砂は手にしていたハンカチに力を込める。

「ご遺族のお母さんと直接お会いしました。お母さんはシングルマザーで、働きながらお子さんを育てていました。にもかかわらず、このような事態に陥り――」

美砂は涙を拭う。意図して濃いめにしたメイクが滲む。強烈なヤジが飛ぶ。

「わざとらしいんだよ！」

「大根役者！」

火に油を注がれたように、美砂は大声を張り上げる。

「このお母さんはもともと大企業で働くキャリアウーマンでした。結婚後も仕事を続けていました。育児休職中に同じ会社で働いていた夫と離婚してから会社が態度を変え、体調を崩して育児休職延長を申し出るも断られ、退職へと追いやられました。それでも女手ひとつで育ててきました」

矢のようなヤジが美砂を襲う。

「自己責任だ！」

美砂は議員を睨み付ける。

「私は、同じ小さな子を持つ母親として、このような事態を見過ごせません。幼い子を殺したのは誰か？　それは、子どもが生まれても女にまかせきりの、世の男たちです！」

ヤジのボリュームは大きくなる。

「育児は女の特権だ！」

美砂は連中を指さす。金切り声で返す。

「いまヤジを飛ばしている人たちの中に、子どものおむつを取り替えたことがある人はいるでしょうか？　手伝い程度の御守りをしただけで、育児に参加した気になっている男たち！　育児休暇を取ったにもかかわらず、愛人のもとに日参していた議員！」

都議会の屋根が吹き飛ぶのではないかと思うほどの怒号が上がる。

「ここは都議会だ！　国会に行って言え！」

「首相に直接言ってみろ！」

出版社の男性編集者は記者席から舌なめずりを隠さない。これだけのマスコミが来ていたら、誰がどんなヤジを言ったか、普段より厳しくチェックされる。それでも美砂の発言に対して、本気で言い返している。美砂の天性のヒールぶりに、こいつは男を苛立たせる天才だと感じた。

「保育士を〝誰でもできる仕事〟と宣う実業家がいます。やったことがないからそんなことが言えるのです。いま私に対してヤジを飛ばし、反撃をした気になっている男の議員には、臨時保育士としてみっちり働くことを提案します。そこでようやく、子どもを育てることがどれほどの重労働か、身をもってわかることでしょう」

絶叫にも似た罵声と快哉《かいさい》を叫ぶ拍手が飛び交う。美砂の支持派と非支持派がまっぷたつになって、立ち上がり、お互いに罵り合っている。議長がいくら「静粛に！」と呼びかけても声はやまない。

美砂は持ち時間より早く打ち切られてしまった。美砂は抗議として壇上から動こうとしなかった。結果、屈強な警備員が美砂を持ち上げて、彼女を議会から退去させた。その瞬間、自民党議員からバンザイ三唱が上がった。テレビ屋たちには美味しすぎる絵が撮れる。前代未聞の議会場になった。そして誰の目にも明らかだった。この日の主役が誰なのか。

多数のテレビカメラが美砂を追いかける。廊下で下ろされた彼女はスカートの裾の部分が裂けても物ともせず、カメラに向かって啖呵を切った。

「私は負けません。この世界から母親がひとりもいなくなっても、東雲美砂が、子どもたちの母親になります」

フラッシュが焚かれる。ICレコーダーとスマホが向けられる。立憲民主党の控室に戻った途端、美砂は夫の明人にも見せたことがない、満ち足りた笑みを浮かべた。剝げ落ちたメイクは仮面からはみ出した素顔ではなかったか。

しかし後日、この日のパフォーマンスを買われて、思わぬ人物からお呼びがかかることを彼女はまだ知らなかった。


休日の昼過ぎ、まなみは亜梨を昼寝させた後、居間に戻り、ビールを飲んでいる豪の隣に座った。

「私も飲んじゃおうかな」

豪は返事をせず、スマホを消した。先日の都議会中継を観ていた。

まなみは缶ビールを片手に、豪の胸に甘える。豪の表情は変わらない。「いつもの時間がきた」と思っている。こちらに拒む権利はない。以前やんわりと、「疲れているから」と制したら、まなみは豪の目の奥を射抜くように言った。

「たまにやらないとね。外で悪さをしないように」

やはり、まだ根に持っているのだ。

まなみはするすると服を脱いで、一糸纏わぬ姿になった。自分の妻ながら、子どもがいるとは思えない、ほっそりしたプロポーションだった。昨夜、ジェシオS' BARでの明人の言葉を思い出す。

「昨日、久し振りに奥さんを見かけたけどさ、美人だよな。なんであんなにスタイルがいいの」

豪は片頬を吊り上げる。

「それがあいつの取り得。言うなれば唯一の財産だからだよ」

「たいしたもんだ。美砂なんかすげえ腹だよ。光を産んでからすごい脂肪」

豪はバーボンを啜る。言い過ぎたと思ったのか、フォローに回る。ここが明人のいいところだと豪は思う。

「ま、しょうがないか。俺もいろいろ不満はあるけど、光を産んでもらったことには感謝してるよ」

「キレイにしているじゃない」

口にしてすぐに豪は後悔した。自分の立ち位置はなんだ。本妻を擁護する愛人か。

それより、「感謝」と明人は口にした。豪にはその気持ちがわからなかった。まなみが産みたいと言ったから許可を出したまでだ。正直なところ、明人が光だけでなく、保育園の他の子どもたちも可愛いと言っているのがよくわからなかった。

「それはゴーちゃんが若くして親になったからだよ。俺みたいに人生の半分もとっくに過ぎてから子どもができると、みんな可愛く見える」

明人は眦を下げた。しかし豪は思う。

――子どもは母親の人質だ。

多くの父親はそう思っているのではないか。口にしないだけで。

冷淡なのは明人よりも自分のほうかもしれないと豪は秘かに思った。

まなみはしもべのように跪《ひざまず》き、豪のスエットパンツを下ろすと、男性器を手で扱《しご》き、口奉仕した。豪は身をまかせたままだ。

たまにこうした毒抜きをしないと、いつぞやのようにどこの雌馬の骨ともわからぬ女に捕まるかわからないからだ。マストの再犯防止だとまなみは捉えている。

男という生き物はひとりの例外もなく、人格と下半身は別の生き物だと、まなみは熟知しているつもりだ。

以前、年配の女性タレントがテレビでおしどり夫婦であることを讃えられ、秘訣は何ですかと訊かれて、こう答えていた。

「私が夫にやっていることは〝3ない〟。〝求めない〟〝拒まない〟〝腹を減らさない〟」

まなみは独身時代にこれを観た。金言だと思った。なのに自分は出産後、すっかり育児にかまけていた。

間違いは二度と犯さない。夫の性欲を適切に処理してこそ良妻賢母の証だ。

まなみの友達と女子会になると、必ず夫婦生活を俎上に載せる。

女友達はそれぞれ、夫婦生活のことを「妥協」「御機嫌とり」「裏ワザ」などと呼んでいた。

照れて本当のことを話さないとはいえ、そんな呼び名はないだろうと思った。

まなみはひとり、心の中で「儀式」と呼んでいた。

気のない素振りに反して、豪のそれは逞しく反り返っていった。

挿《い》れたくなったらまなみは拒むことはない。これまでもそうしてきた。しかしきょうはそんな気には豪はなれない。これでも豪なりに、明人に操を立てているのだ。

豪は低い呻き声をあげる。まなみの口いっぱいに熱いものが迸《ほとばし》る。彼女の眉間に皺《しわ》が寄る。このときばかりは年相応の顔だと、豪は頭の冷めた部分で思う。

今度さ、と豪はパンツを穿き直した後に切り出した。彼としては精いっぱい、何気なくを装ったつもりだった。口を漱《すす》いで洗面所から戻ってきたまなみは、パパ友の鐘山家とご飯でも食べないかと切り出されて、反射的に、いいわよと返した。人嫌いの夫にしてはめずらしい提案だと思いつつ。

＊

結婚する前から、親になった友人から聞かされていたが、小さい子どもは本当にアンパンマンが好きだ。両親が一緒とはいえ、見知らぬ家に上がって不安そうな表情を浮かべていた光は、有馬家にあるアンパンマンのおもちゃを見るや、父親の抱っこから飛び降りた。五歳の亜梨がアンパンマンカーのパーツを、ハイと手渡す。光は黙って受け取る。美砂が促す。

「〝ありがとう〟は？　亜梨お姉ちゃんに言って」

光は聞こえないふりをする。

「もう二歳半なのに、全然喋れないんですよ。心配になります」

傍らの明人が頷く。

「スイーツ持ってきました」

近所のヨックモック本店のケーキを手土産にした。

「まあ、手ぶらで良かったのに。ここの大好きなんですぅ」

まなみは内心、鐘山夫妻を及第点だと思った。玄関に入ってくるなり、明人のくたびれたポロシャツと履き古したコンバースには引いたが、美砂のＡＬＰＨＡ ＳＴＵＤＩＯの派手なワンピースに目を奪われた。オシャレ妻と無関心夫。典型的な取り合わせだ。

値踏みしているのはまなみだけではなかった。明人は浮足立つ気持ちをぐっと堪える。

マンションのエントランスからして高級感が違っていた。エレベーターが二基あり、ふかふかの絨毯が敷き詰められた通路を抜けると、愛する人の住み家があった。やっと入れた。開放感のある大きな窓から光が差し込む、最新型のダイニングキッチン。悪くない間取り。黒の革張りのソファ。観葉植物。夜になると映えるスタンドライト。事前に聞いていたがテレビはない。まなみは亜梨にインスタントのものは食べさせないという。意識高い系の妻。明人の、建築家としての視線と愛人の視線がごっちゃになる。

「キレイにしてるわあ」

美砂が感嘆の声をあげる。本心からだろう。家族三人で暮らすには十分な広さ。余計なものはまるっきり置いていない。小さな子どもがいるのに、どことなく生活感がなかった。

「散らかっててすいません」

まなみの言葉が一種の皮肉に聞こえる。

「座っていて下さい。すぐにご用意しますので」

明人と美砂はテーブルにつく。豪はワインセラーから赤のボトルを取り出し、グラスに注ぐ。ラベルからひと目で高級なものとわかる。

「嫌いではないと明人さんから聞いています」

豪の言葉に、美砂は照れ笑いを浮かべる。まなみが前菜を持ってくる。カラフルな色どりの野菜のテリーヌだった。

「すごーい。これ、まなみさんが作ったんですか。レストランみたい」

ここに来た客はみんな同じことを口にする。そのひとことが聞きたくて、まなみは前日から料理を仕込む。

「お口に合うといいのですが」

美砂がフォークで口に運ぶ。

「美味しぃー」

「よかった」

まなみはダイニングキッチンに向かう。細い背中を見つめながら、まあまあの味かなと明人は思う。続けて真鯛のポワレが出てきた。

「これも美味しい。どちらか料理学校に通っていたんですか」

まなみは笑顔で首を振る。豪が代わりに答える。

「全部自己流なんです。妻は一度レストランで食べたら、自分で作って再現できるんです」

「ええ、すごーい」

「唯一の取り得です」

豪は自分で言って苦笑する。

「もう」

まなみもまんざらでもなさそうだ。

明人はムカムカする。こないだはプロポーションがいいことが唯一の取り得だって言ってたのに!

美砂が追い打ちをかける。

「取り得だらけじゃないですか。スタイルもいいし」

「そんなことないですよ」

まなみは顔の前で手を振ると、再びダイニングキッチンに戻った。

「すごいわー」

美砂の言葉に豪は謙遜する。明人は、それ以上ヨイショはやめろと内心で毒づく。ほどなくしてまなみがキッチンから豪を呼ぶ。

「あなたー、手伝ってー」

ふたりで料理を運ぶ。

「鴨のコンフィです」

「私、大好きなんです！」

美砂の声に、豪が微笑む。

「伺ってます」

美砂はナイフでカットし、口に運ぶ。

「美味し〜い」

「よかったあ」

「付け合わせのインゲン豆とにんじんも美味しい。ねえ？」

美砂は明人に話を振る。明人も「うん」と同調する。

「ほんとに美味しい」

美砂がワインをあおる。明人が注意する。

「ほどほどにしておけよ」

美砂は口を押さえる。豪がどうぞとワインをグラスに注ぐ。

「毎日こんな美味しいものを召し上がっているんですか」

まなみが答える。

「さすがに毎日は無理です」

「僕は夜遅いこともあるので」

「こんな美味しいものを作って下さるなら、仕事が終わったら帰らないと。明人と飲むより」

明人は妻の言葉が腹立たしい。まなみが微笑む。美砂が続ける。

「お幸せですね、豪さん」

豪は含み笑いをするばかりだ。

「あら、地震?」

美砂が天井を見上げる。明人は貧乏ゆすりを止めた。彼の腹の中は煮えたぎっている。なんだこれは。安手のホームドラマか。悔しいのはそこに自分も出演していることだ。主人公の美男美女の夫婦を持ち上げる脇役。もてなしを受けているはずがもてなしている。そしてこの女もにこにこしながらそれをわかってやっている。

明人はわざとフォークを落としてテーブルの下に潜る。向かいの豪の足をフォークで刺した。豪は思わず足をびくんと反応させたが、声には出さなかった。

「フォーク、新しいの出しますよ」

まなみの声に明人は、「あ、だいじょぶでーす」と返す。

向こうで遊ぶ亜梨と光と目が合った。


「ふたりだとどんな話をしているの？」

すっかり顔が赤くなった美砂が明人に話を振る。

「やっぱり子どもの話が多いかな。色んな話をするよ。あの保育士が可愛いとか」

「明人さんは保育園で他のママさんたちとおしゃべりをしてますよね。主人はしてますか？」

まなみがちょっと気色ばむ。他の女に色目を使っていないか心配になったのか。訊かれていない豪が口を挟む。

「しょうがないじゃない。朝はみんな急いでいるからね」

林《はやし》という若い保育士と、亜梨についてちょっと喋るぐらいだと言いかけたが、やはりまなみの顔色を気にしてやめる。

明人は知っている。それは言い訳だ。保護者との付き合いはまなみ任せ。豪は他のママたちと仲良くする必要などないと思っている。なにより豪は、「亜梨ちゃんのパパ」と呼ばれるのが嫌なのだ。あれだけ働いて稼いでいるくせに、まるでアイデンティティー・クライシスに陥った専業主婦のようだと思った。

「最近は明人さんからCDを借りて、むかしの音楽を勉強してます」

「むかしの音楽！」

豪の言葉に明人は噴き出す。美砂が明人の肩を叩く。

「そりゃそうでしょ。あんたが青春時代を送っていた頃、豪さんは生まれていないでしょうが」

世代がふた回り近く違う明人と豪は、子どもの頃に見てきたアニメ、読んできたマンガ、思春期に聴いてきた音楽など、まるっきり異なっていた。主に明人が押し付けるように、豪にCDを渡すことが多かった。

「こないだも、ストーン・ローゼズを貸した」

「学生みたい」

「僕も、いまどきはこういうのが流行ってますよって、ケンドリック・ラマーとかドレイクとか、いまどきのヒップホップをネット上でおすすめして」

まなみが冷やかす。豪が言う。

「バブルの頃の話とか、勉強になります」

美砂が言う。

「アキちゃん若返ったよね。豪さんとお付き合いしてから」

「そうかな」

「そうだよ」

「フィーリングが合ったの？　性別以外、共通点がなさそう」

明人はにやにやしている。豪はワインのグラスを口にあてる。

「あんたたち、デキてるんじゃないでしょうね？」

明人が唇の端を意地悪そうに持ち上げる。

「バレたか」

妻につく嘘は、いちばん危険な嘘だ。

「こないだ、ネットで見ました。本会議でお話しされているものを」

豪が不意に話を振ると、美砂は大袈裟に溜め息をついた。

「後悔しても遅いって」

「私もちらっとですけど見ました」

美砂は背をまっすぐに伸ばし、頭を下げる。

「お恥ずかしいかぎりです」

「だったら最初からやるな」

「だってー」

「きょうもコワーイ女が来ると思ったでしょ。でもほら、いたってフツーなんですよ」

「家ではもっと怖い女です」

「おい」

「女の人が社会で頑張るのって素敵。私は考えたこともないわあ」

まなみが微笑む。まるで遠い外国の紛争問題について話しているかのようだ。美砂は屈託のない彼女の笑顔を見て、むかしのことを思い出す。

——男に相手にしてもらえない女がフェミニストになる。

美砂が自分試しのためミスコンに出たとき、楽屋でそう話していた同級生がいた。彼女がその年のミスグランプリに輝いた。卒業後キー局のアナウンサーになり、プロ野球選手と結婚した。いまは大リーグで活躍する夫とふたりの子どもとアメリカで生活している。夫への滅私奉公により獲得した、絵に描いたような勝ち組だ。

自分はプロ野球選手の妻にはなれない。美砂は自覚している。

「どこに行っても敵だらけです。同じ党のおっさんからも言われます。〝きょうは赤ん坊はどうした〟って。次の日も訊いてくる。わざとなんです」

「殺っちゃえ」

明人はツッこむ。同じテーブルにまなみが子ども用に作った手料理を食べている亜梨がいることに気付いて、バツの悪い顔をする。

明人にも苦い思い出が甦る。光がもっと小さかった頃、飲み会に連れていった。そこで何人かに平然と言われた。

——嫁は何をやっているんだ。

連中にとって嫁とは字のごとく、「家にいる女」。当世はイクメンなどという言葉があるが、尻に敷かれるのはフリだけにしろと言うのだ。

数年前まで一緒にバカ騒ぎした連中だった。しかしその後、誘いのメールは絶えた。冗談じゃないと明人は思う。おまえらが俺を切ったのではなく、俺がおまえらを切ったのだ。

「その人、美砂さんを口説いているつもりなんじゃないかな」

まなみが口を開く。美砂がおぞましさに身震いする。

「議員になったばかりの頃は、言い寄ってくる先輩議員も多かったです。やたらと酒を飲ませたりして。でも、私が怖い女とわかったのか、お誘いはすっかり減りましたね」

「えー、美砂さん可愛いしモテそうですけど。あ、ごめんなさい。明人さんが心配になりますよね」

「からだが心配だから早く帰っておいでって、気遣うメールをよくくれました」

「やさしー」

「一家の大黒柱に、もしものことがあったら困りますから。家政夫として」

「またそういうことを言う」

「愛しているって素直に言えばいいじゃないですか」

まなみの言葉に、明人は豪から視線を感じる。いや、嫉妬の視線をくれと願っている。

明人は一考する。このままだと好きな男に、「いつもは文句を言ってばかりだけど家庭円満じゃないか」と思われてしまう。美砂の外面《そとづら》の良さを巧みに利用しようと思った。

一方、豪は豪で、平静を装いながらも、美砂に対して内心穏やかではなかった。

——この人は冗談を交えて話しているけど、僕はあんたへのリアルな愚痴をいつもベッドで聞かされているよ。

〝母親らしいことなんか何ひとつしていないのに、働く母親アピールのため、光を議会に連れて行った。FB《フェイスブック》に顔写真を控えてきたのも全部パー。あんな小さな子を政治利用した〟。

〝おまえのせいで俺の仕事はダメになった。建築家・鐘山明人は政治家・東雲美砂に殺された〟ってね。本当は言ってやりたい。美砂さん、あんたは手ごろな育児奴隷をゲットできたね。でもその奴隷も、すべてがあんたのものではない。

僕はあんたが議会で喋るのを見て思ったぜ。

あんたは男に生まれなかったことが悔しいんだ。あんたが男に生まれていたら、さぞや男根主義者になっていただろう——。

物音でそんな思いが遮られる。ちょうどまなみが作ったご飯を食べてお腹いっぱいになり、眠っていた光がむくっと起きた。よろよろと立ち上がって、ママ、ママと言いながら、明人の足元にしがみついた。美砂が落胆の声を漏らす。

「完全にパパっこ。いくら言ってもアキちゃんのことをママって言うんです」

明人は光を抱き上げる。背中をぽんぽんと叩く。光は眠たげな目をこすりながら、明人の肩に首を預ける。

「俺のほうがあやすの上手いよな」

美砂が、ほらねと言うふうに、両手を小さく広げる。

「家事も全部俺。美砂は俺と結婚してから一度も洗濯をしたことがない」

「えー、いいなー」

「ちっとも良くないですよ。こちら鐘山託児所。二十四時間年中無休のブラック企業」

「ほら、男の人もこんなにやっているんだから、保育園に連れて行くぐらい、いいでしょ？」

まなみが豪を突っつく。明人は定番の美砂のキレエピソードを次々と披露する。

「些細なことで大騒ぎをしては、〝飛び降りてやる！〟とか〝死んでやる！〟とか〝手首を切り落としてやる！〟とか。そんなことがしょっちゅう」

「やめてー。有権者にネガティヴイメージを植え付けないでー」

呆気に取られていたまなみがフォローに回る。

「明人さんえらいわあ。愛してるのね」

明人はその言い方に空々しさを感じる。

「美砂さん、もし――」

豪が訊ねる。自分には前歴があるにもかかわらず、あえて火中の栗を拾うような覚悟で。

「もし、明人さんが浮気したらどうします」

明人は、豪を見た。

「ちょっとー、どうしてそんなこと訊くの。明人さんがするわけないじゃない」

「どうでもいいことでこんなに怒ってるようだからさ、じゃあ明人さんが他の女に手を出したら、どうなるのかなと思って」

美砂は腕組みをして難しい顔を作る。まなみが取りなす。

「もうやめて。それよりね、豪さんも見習って。明人さんはあなたと違って、男のちっちゃなプライドとか見栄を振りかざさない」

「僕ってそんなに傲慢？」

明人が割って入る。

「いや、俺の中にもふたりいて、野郎どもとウォーって大騒ぎする自分と、女性と同じ目線——ってどこまでできてるか知らないけど、さっきの美砂の話に共感できる女性っぽい自分がいて」

「美砂さんは最初からわかっていたんですか」

「え」

「明人さんの、そういうところ」

「んーとにかく、私はアキちゃんと出会ってわりとすぐに、この人の子どもを産みたい！って思ったから」

「すごーい」

「変人なんだよ、男の趣味が」

「出会いはツイッターなんですよね？」

明人が苦笑する。豪に話を振る。「話したの？」

「うちのことはもういいから！　豪さんとまなみさんはどうやって？」

美砂がふたりに話を向ける。

「友人の紹介ですよ。いたってありふれた」

「まなみさんのほうが二歳ぐらい上なんですよね？　姉さん女房っていいなって思った？」

豪とまなみが顔を見合わせる。

「言ってみて」

「忘れた」

「ね、ちっちゃなプライドを振りかざすでしょ」

「むかしは、子どもなんて好きじゃなかった」

すっかり寝付いた光を胸に抱きながら、明人が遮るように語り出す。ふたりの惚気を聞きたくなかった。

「自分の血を継いだ子どもなんて可哀想だって、長い間、思っていた。だから結婚もしなかった。それも美砂と会って考えが変わった。美砂の前にも〝あなたの赤ちゃんを産みたい〟って言ってくれた人はいた。自分にはもったいないと思うような人もいた。でも踏ん切りが付かなかった」

まなみが問いかける。

「それまでの女性と、美砂さんはどこが違っていたの」

豪も知りたかった。明人が一転しておどけた声をあげる。

「やっぱスペックかなあ」

その口調に、まなみと豪が、美砂までつられて笑ってしまう。

「重要だよね？」

明人がまなみに訊く。まなみが反射的に頷く。

「そうですね」

明人は光の寝顔に向けて呟く。

「全部妻に似てほしい。優しいとこだけ、俺に似てくれたら」

三人が噴き出す。

美砂が指をさす。

「アキちゃんもちっちゃなプライドを捨ててない！」

ダイニングルームが笑いに包まれる。豪も笑い声をあげた。しかし内心は、明人の笑顔の裏側に、暗いものを見た気になる。

――この人はまだ大事なことを僕に話していない。いつもおどけているけど、本当のことを話していない。

豪は明人を見る。明人は光をあやしながら、笑っていた。

＊

宴もたけなわの頃、明人はトイレを借りた。迷ったふりをして、廊下を折れる。豪の部屋を覗いてみたかった。奥の部屋に差し掛かるところで、明人はそれを見た。

なかなか帰ってこない明人を探しに、まなみがやってきた。心配を装っていたが、本当は居間以外の部屋を他人に見られたくなかった。

まなみは見た。廊下で明人が神妙な顔つきのまま、突っ立っていた。

「明人さん？」

まなみが声をかけるが、明人は振り返ろうとしない。まるで耳に入っていないようだ。

まなみは近づき、また声をかける。そこでようやく明人はまなみの存在に気付く。

「すいません。これに見入ってしまって」

まなみの後ろから、豪と美砂も現れる。豪が虚を衝《つ》かれた顔になる。

明人の前には、一枚の絵が壁に飾られている。そこには青い空と海が描かれていた。

「これは、誰の絵ですか。俺は絵なんて描いたことがないし、まるっきりの素人だけど、構図とか、色の感じとか……、とにかく素晴らしい」

豪はうつむく。まなみが振り返る。

「え」

美砂の声に続いて、明人も豪を見る。

「画伯、褒められてますよ」

まなみがからかう。豪はよせよと手で制す。

明人は驚きで口を開けたままだ。豪は渋々といった形で打ち明ける。

「ずいぶん前のものです」

「どうしてそんなに嫌がってるの」

美砂が訊ねる。豪は明人と視線を合わそうとしない。「なんで今まで秘密にしていたんだ」と怒られそうな気がしたからだ。

「この人、画家になりたかったんです」

「へえー」

美砂が明人の分まで驚きの声をあげる。

「お父さんももともと絵描き志望で。子どもの頃、手ほどきを受けていたんでしょう？」

「まあね」

「お父さんは家業を継いだ。だけど自分の子どもには豪って、大好きなゴーギャンから付けて」

——ウジェーヌ・アンリ・ポール・ゴーギャン。安定した生活と家族を棄て、南の小島で死んだ奔放で偉大な画家。

明人は初耳だった。どうして豪は絵を描いていたことを自分に黙っていたのか。そして、愛する人の名前の由来を知らない自分を恥じた。

「あの子の名前が亜梨なのも、ゴーギャンの娘の名前からなんです。この人が付けました」

豪の狼狽ぶりは滑稽なほどだった。明人の口をついて出る。

「うちの息子はフランク・ロイド・ライトからだし。似た者同士だな」

美砂とまなみは笑う。

ふたりがいなかったら、明人は豪を、音がしそうなほど抱きしめたかった。

「マーマー」

ダイニングキッチンから亜梨の呼ぶ声に、まなみと美砂が戻る。

明人はその隙にせめて豪の手を握りしめようとしたが、豪は明人のほうを振り向くことなく、彼女たちと一緒に戻っていったため、それは叶わなかった。

明人はいま一度、壁の絵を見つめる。

青を基調とした絵に魅入られる。

ここには絶対的な孤独がある。永遠に消えない悲しみ。

明人はより深く、豪を理解した気になる。

しかし彼は気付かなかったのだろうか。共感や連帯感で人は繋がったように見えても、所詮個と個はひとつにはなれないことを。

その夜の空は星が瞬いていた。明人は光を胸に抱きながら、保育園を挟んで、豪の豪奢《ごうしゃ》なマンションから自宅まで、短い距離を歩いた。晴れ晴れとした気分だった。

クーラー効きすぎてなかった？　と、美砂が二の腕を擦《さす》る。

美砂が明人の腕に寄り添う。

「いい夫妻だったね」

「俺たちには負けるけどな」

美砂が嬉しそうな声を立てて笑う。

「豪さんがカッコいいんで驚いた。どうしてアキちゃんと仲がいいの？」

「だから言ってるだろ。デキてるって」

美砂の笑い声に、詮索や余分なものはない。

「美砂、まなみさんとは気が合いそう」

美砂は明人とふたりのときだけ、一人称が「私」ではなく「美砂」になる。

「えーっ、そうかあ。美砂は全方位交際型だからな。やっぱり政治家向きだ」

「鐘山明人の妻がいちばん向いてるよ」

明人は鼻を鳴らす。プライベートのエキセントリックな一面を暴露されても美砂は一向に意に介していない。

「アキちゃんの知り合いと会うとさ、美砂のことを〝都議ですよね。知ってますよ〟って言っておきながら、〝で、奥さん――〟って呼ぶ人がいるじゃない。なかには、〝投票しましたよ〟って人に頭を下げさせときながら、〝東雲さん〟とか〝美砂さん〟とか、どうして名前で呼ばないっていうのがあるけど、豪さんもまなみさんも、初対面でもちゃんと〝美砂さん〟って呼んでくれた」

「ふーん」

明人はどこかおもしろくない。美砂にまなみの悪口を言わせようと仕向けてみる。本音を言えと念じる。

「亜梨ちゃんもいい子ね、光とずっと遊んでくれた」

「あの母親にしては上出来だ」

「えーっ、料理もすごい美味しかったじゃない」

「俺はそうでもなかったな。それによ、専業主婦なんて美砂の敵じゃないの？」

「そんなことないよー」

「でも豪くんのことを〝主人は――〟って呼んでたぞ。美砂、そういうの嫌いじゃん。〝女は男の犬猫じゃない〟って」

「まあねー」

明人は一本取った気になる。そうこうしているうちに家に着いた。彼らの影はマンションのエントランスに消えた。

明人と美砂は気付いていなかった。ふたりのあとをつける女がいたことを。

## 6

黄金の段の上から――シルクの紐、灰色の紗《しゃ》、緑のビロード、陽光にブロンズ然と黒ずんだ水晶の円盤の間で――わたしは見る、ジギタリスが銀の透かし模様と眼と髪をあしらった絨毯のうえで花開くのを。

瑪瑙《めのう》の上に散らばる黄色の金貨、エメラルドの天井を支えるマホガニーの柱、白いサテンの花束、ルビーの細い枝鞭が、水の薔薇を取り囲む。

青い巨大な眼と雪の形をした神のように、海と空とが大理石のテラスのほうへ、若くて勢いのいい薔薇の花群を引き寄せる。

ランボー『イリュミナシオン』より「花々」

（ヴェルレーヌは二十七歳のときに十七歳のランボーと、妻子を捨ててかけおちを計るが、ヴェルレーヌがランボーに銃を発砲して愛の逃避行は終わった）

明人と豪は池袋にある自由学園明日館《みょうにちかん》を訪れた。フランク・ロイド・ライトが残した学校建築を見学するためだ。駅から近いものの、少しわかりにくい場所にあるため、目印のいけふくろうで待ち合わせをした。会うなり明人は豪の家の感想と、妻の美砂が豪とまなみをどう話していたかなどを伝えた。豪もそれに応える。

「まなみはアキちゃんのことを、〝いい人っぽい〟って言ってた」

「いい人、いい人、どうでもいい人」

言うや明人は小さく笑う。豪はこの人の笑顔はいつも可愛いなと思う。街中で手を握りたかったが堪えた。

明日館に着いた。住宅街の中にそれはとけ込んでいた。緑の芝生の奥に中央棟があり、両脇に平屋造りの教室がシンメトリーに連なっている。

大教室の扉から入る。入り口付近の天井は低い。食堂を抜け、半階下のホールに足を踏み入れた途端、天井が高い吹き抜けにより、ぐっと視界が開ける。爽快な開放感がある。明人によると、ライトは日本古来の建築技法を取り入れ、旧帝国ホテルも同じように設計したという。

現在では喫茶室として使用されているホールの、幾何学模様の大きな窓から真南の光が飛び込んでくる。美しさと荘厳さに胸を打たれる。

半階上の食堂に戻る。月を思わせる丸い照明、シンプルかつ格調高い机と椅子が揃う。暖炉まである。優雅と清楚が同居している。大正時代、現代と比較にならないほど女性の地位が低かったのに、この学園に通う十代の少女たちは、なんと贅沢な空間を与えられていたのだろう。しかもそれが現存し、有効的に利用されている。関東大震災からも、戦争の空襲からも逃れた。奇跡を感じずにはいられない。

各教室を回る。ほら、ここと、明人が扉の上部を指す。明り取りの装飾がある。

「どこかで見たことないか。これも日本の建築様式のひとつ、欄間《らんま》のオマージュだよ。教室によって窓の位置や、木の桟《さん》のデザインを変えて、遊び心をそこかしこにちりばめている。神は細部に宿る。ふたつとて同じ教室はない。ライトが〝世界でもっとも価値のある学校〟と、自画自賛したのも無理はない」

明人は饒舌に語る。好きな人に、自分の敬愛する建築家の素晴らしさを伝えたいのだ。豪が微笑む。

「アキちゃんって本当に建築家なんだね」

「おーい」

明日館を出る。道を一本隔てたところに似たような建物がある。

「あれは?」

プレートを見る。「自由学園　明日館講堂」とある。

「ライトの弟子の遠藤《えんどう》新《あらた》が設計した講堂だよ」

「へえー、見ようよ」

ノブを捻り、木製のドアを潜る。左手に抜けると、豪から、わあと声が出た。黒のベンチがずらりと並ぶ。礼拝堂を思わせる造りだが十字架はない。壇上にはグランドピアノが見える。本館と調和した、静粛を感じさせる内部だった。こちらも古さなど感じさせない普遍的な美しさがあった。

「すごいなあ。感動しちゃうよ」

豪は言葉を発した後に照れる。

「ごめん、素人まるだしの感想で」

明人は微笑む。

「そんなことないよ。俺もそう思う。素晴らしい設計だ」

豪は歩を進め、壇上に上がる。通路を行き来し、空気を吸い込む。

「いいね」

入り口のほうに戻る。結婚式のパネルが置いてある。

「へー、結婚式ができるんだ」

豪の言葉に対して、明人は何も言わない。三年前、明人と美砂はここで結婚式を挙げた。明人は黙っていたが、豪は知っていた。明人から明日館に誘われた際、ちょっと下調べに検索をしたところすぐに出てきた。こっちが水を向けない限り、明人は秘密にしているつもりなのか。こちらも知らないふりを続けるべきか、豪は少し迷った。

明人も明人で、豪からそのことを言われたらどう答えるべきか考えていた。二百七十人も収容できて、三時間使っても二〇万円ぐらいしかかからないんだよと、何のフォローにもならない言い訳しか浮かばなかった。

豪は明人を困らせたいわけではなかった。それより先ほど食堂のバルコニー部分に設置されたライトの年表を眺めながら、豪にはグッとくるエピソードがあった。

ライトは一八六七年に生まれ、一九五九年に亡くなっている。九十一歳の長命だった。明人は年表を指さした。一九〇九年から帯の色が黄色から灰色に変わる。不遇の時代とある。それが一九三六年まで続く。

「夥《おびただ》しい数の傑作群を残したライトでさえ、報われない時期がこんなに長かったんだ」

畏《おそ》れ多いことはわかっている。しかも不遇と言われる時代に自由学園と帝国ホテルを設計しているのだから。それでも明人は自らと建築の巨人を重ねていた。

――俺は業界から干されているんだ。

明人はいつしか言った。

「何か大きな失敗をしでかしたわけじゃない。いや、一度欠陥住宅めいたものを造ったかもしれない。でもたいした問題にならなかった。なのに仕事が徐々に減っていった」

絞り出すような声色だった。誰にも話せない思いの吐露なのだろう。

「美砂と結婚して、俺が美砂に食わせてもらっている。子育てばかりして、すっかり引退したと思われているのかもしれない」

豪は口を挟まない。明人はただ聞いてほしいだけなのだ。

明人は美砂はもちろん、豪にも言えない思いがある。

――光の父親になれてよかった。しかし、あの子の世話をしている間に、牙を折られてしまったような気がする。だからといって、あの子と離れられるはずもない。

家庭を犠牲にしなければ良い作品はできない――などと言うつもりはない。評論家きどりの、「今の時代を吸っている」と自称する連中が鬼の首を取ったように、「前時代の価値観にしがみついた老いぼれの思想だ」と糾弾してくるだろう。

ライトの建築に圧倒されて、ふたりは自由学園をあとにした。明人の〝講義〟は続く。ライトの言葉を諳《そら》んじる。

「自由なる心こそ、この小さき校舎の意匠の基調であります。幸福なる子女の、簡素にしてしかも楽しき園。生徒はいかにも、校舎に咲いた花にも見えます。木も花も本来一つ。そのように、校舎も生徒もまた一つに」

生き生きした明人を見るのが嬉しかった。

その後、昼間は閑散とした池袋駅の西口を歩き、自然な流れで、ほぼふたり同時にうらぶれたラブホに入った。ここなら自分たちを知る人はいないだろうという気持ちがふたりを大胆にさせた。

「男ふたり？　ちょっとねえ」

窓口でむかしのテレビドラマに出てきそうな婆やが眉を顰《ひそ》めた。

サングラスをかけた豪が話す。

「そうですか。行政から指導が入りそうですね」

婆やはしぶしぶ大きなホルダーが付いた鍵を渡した。

部屋で明人は言う。

「手慣れたもんだね」

「まあね」

ふたりは抱き合う。彼らは彼らの昼顔を互いにしか見せない。

豪はポケットに自由学園のチケットの半券を取っておいた。写メもＬＩＮＥも記録を残さないふたりの記念のつもりだった。

＊

まなみは自宅の電話を取ったが、相手は何も言わずに切った。これで三度目だ。

まなみはこの胸騒ぎをいつか感じたものだと思うが、あたまの中で必死に打ち消した。前世と思うほど遠い過去に追いやりたい。しかしまだ一昨年のことだ。

豪は五年間の結婚生活で、三ヵ月ほど不倫をしていたことがある。豪は明確な証拠を残したわけではない。しかしまなみは気付いた。すぐに女を調べ上げ、連絡を取った。相手に有無を言わせず、〝二度と会わない〟と合意書にサインを書かせ、目の前で豪の電話番号やメルアドなどを消去させた。行動力の化身になった。
豪は突然女と連絡が取れなくなった。不審に思い、マンションを訪ねたところ、豪には
ひとことも伝えることなく、引っ越していた。
豪が帰宅すると、その日のまなみは過度に優しかった。いつもより笑顔の回数が多く、
口角を上げる角度が高かった。豪は察知した。その夜、亜梨を普段より早めに寝かせた。
豪は覚悟した。しかし、その夜まなみは、求めてくることはなかった。
ダブルベッドの端に、まなみに背を向けるように横向きになりながら、豪は感じた。
――自分は、恐ろしい女と結婚してしまったのではないか。
その後も、まなみは豪を糺《ただ》したことはない。一見穏やかな日常が続いている。お互い
に、何もなかったように。豪は思う。
――夫婦ってホラーだ。
この一件以後、豪は婚外行為の後、残汁がパンツにつかないよう、男性器をティッシュ
で包むようになった。まなみに指摘されたわけではない。念には念を入れてのことだ。
まなみは平穏を装っているが、内心は違う。
この屈辱を人に話したことはない。自分のプライドが許さない。だけど誰かにこの怒り
や口惜しさをぶちまけたい。まなみは匿名のブログに、人に読んでもらうことを前提とせ
ず、説明も脈絡もなく書き散らした。「夫は私以外の膣に入れた。死ねばいいのに」と、
普段なら言えないようなことを書き殴った。たまにコメント欄に「わかります」と書き込

みがあった。「男は浮気をする生き物だから許してやって下さい」というのもあった。ふざけるな、と思った。女だって男の浮気は許せない。このつらさを耐えろと言うのか。だけど離婚はできない。この生活を失いたくない。離婚したら亜梨はハイソなインターナショナルスクールに入れない。この怒りが収まることはない。麻痺するのを待つだけだ。

無言電話により、まなみは忘れたいあの日々に連れ戻された。

非表示の番号は繋がらないように設定した。これで大丈夫だと自分に言い聞かせる。

椅子に座る。まなみの顔に表情はない。室内も外も、死んでしまったように静かだ。

昨夜は久し振りのお客で賑やかだった。都議とコネができると思い、美砂には特別もてなした。手土産が近所のスイーツなのはちょっと白けたが。しかし今もどこか引っかかっているのは、明人の眼差しだ。明るく振る舞っていたが、自分にはわかった。

この人は、私のことが嫌いだ。

憎んでいる？　そんな高尚なものではない。軽蔑だ。憎しみは愛に、愛は憎しみに転化する可能性を秘めているが、軽蔑はどこまでも軽蔑のままだ。

なぜそんな風に感じるのか。このときの彼女にはわからなかった。

まなみは勢いよく立ち上がると、昨日の料理の残りを台所のゴミ箱に捨てた。

＊

美砂は緊張していた。秘書にも伝えず、ホテルのエグゼクティブスイーツにいた。ノックの音に振り返る。入ってきたのは、都知事の高屋敷《たかやしき》カナだった。

美砂は即座に立ち上がる。

「お待たせしたわね」

テーブルを挟んで美砂の向こう側に座る。同時に、待機していた高屋敷の第二秘書が一礼して部屋から出ていく。外は三十度を超える暑さだが、高屋敷は汗ひとつかいていない。自分が学生の頃から一方的に見てきた、凛とした美しさが変わらず目の前にあった。

人を介して、高屋敷から「会わないか」と持ち掛けられた。驚いたものの、迷うことはなかった。密談の理由はわかっている。立憲民主党から自党へ引き抜こうとしているのだ。

返事から二日後、この場がセッティングされた。無論、一対一で話すのは初めてだ。誰にも相談せずにここまで来た。背任行為と誹《そし》りを受けるだろう。「上に立つものの器量を見定めに行っただけ」と、申し開きも考えていた。

時候の挨拶もなく、高屋敷は口火を切った。

「あなたのことは、非常に面白い人と評価しています」

「ありがとうございます」

「こないだの本会議も楽しかった。あなたみたいな人が、私が子どもだった頃、いっぱいいたことを思い出した」

「ありがとうございます」

高屋敷は今年六十六歳の〝緑寿《りょくじゅ》〟。成長するにつれ学生運動が失速していった世代だ。

「あなたには天性のアジテーターとしての才能がある。それだけでなく、政策と信念も持っている」

「はい、ありがとうございます」

高屋敷が立て板に水のように喋るのに対して、さっきから自分は、ありがとうございますしか言ってない。何か話さなければ。そう思った矢先だった。高屋敷はテーブルの下から手を伸ばして、美砂の膝の上の手を握った。声が出そうになった。

「そう固くならないで」

高屋敷はうふふと笑った。女優然とした笑い方だった。

「あ、はい」

「でもね、その才能も、いる場所によっては生かしきれないまま終わってしまうこともある。私が言ってる意味、わかるわよね？」

高屋敷は小さく微笑む。しかし目は笑っていなかった。

高屋敷カナは海外の大学を首席で卒業後、通訳者として顔を広げ、ニュースキャスターで人脈を作り、政界へと転身した。政界渡り鳥と揶揄されてきたが、与党に鞍替えすると、環境大臣や防衛大臣を歴任し、二年前、各候補者が駆け引きと水面下による工作のため、なかなか名乗りを上げない中、先出しジャンケンにより、都知事に上り詰めた。

彼女の野望はそこに留まらない。目指すは日本初の女性総理だ。昨年、彼女が結成した党の議員が都議会の過半数を獲得した。ここまでは良かった。その勢いを駆って国政に進出したものの、合流した民進党議員の公認を巡って「排除します」と口にした瞬間、急失速した。国民は高屋敷を「冷酷な女」と嗅ぎ取り、選挙は大敗した。非難を浴びた高屋敷は都知事に専念すると宣言したものの、決断を下したはずの豊洲市場移転問題は依然として燻っているし、子飼いの議員は離脱するなど、他にも問題は山積みだった。かつての勢いは失われたと政界では囁かれている。

ところがどうだろう。目の当たりにしたこのカリスマ性は。政治家でもトップになるほど、アンチの人間でさえ、一度会ったら虜にしてしまう魔力を持っていると聞く。清濁併せ呑む、人たらしの力。これがそれかと美砂は身をもって知る。

美砂はそれまで高屋敷と会う機会があったら、ずばずばと切り込んでやろうと考えていた。美砂は誰にも、それこそ夫の明人にも話したことはないが、高屋敷に対してひとつ、優越感を持っていた。

——あの女は子どもを産んでいないじゃない。

ところが自分は借りてきた猫のように縮こまっている。その厚化粧に罅《ひび》を入れることは叶わない。女王は貫禄の笑みを浮かべて言うのだ。

「その鼻っ柱の強さ、懐かしい」

まるで自分の後継者を見つけた、とでもいう風に。そして躊躇する美砂にこう畳みかけるのだ。

「私にまかせて。そちらの幹事長には貸しがあるの」

同性には厳しいと聞いている。ある総合誌の女性記者がインタビューで幾度も「その質問、やり直し」と返された。にべもなかったという。「女王が認めた王女」を夢見るならば、このままではいけない。「欲しい人材は、イエスマンですか？　私は違いますけど」ぐらい言ってやったほうがいい。現実のものに変えるため、美砂は勇気を振り絞って続けようと試みた。

「あ、あの」

次の瞬間、高屋敷は椅子から立ち上がった。美砂は見下ろされる状態になった。その時間がやたらと長く感じた。

「またね」

高屋敷は部屋から出て行った。引き留める間もなかった。

これは何だ。男女の仲を正式にお断りしようと思っていたのに、掌で転がされ、すっかり抱かれる気持ちになったところを、おあずけを喰らった感じだ。まるで。

実際に面と向かってみたら、私の魅力がそれほどでもなかったというのか。それとも高屋敷一流のテクニックなのか。彼女の中で炎のようにゆらめくものがある。

部屋に残された美砂は、待ち人が来るはずのない娼婦のように、たたずむだけだった。

＊

豪は次々とスケジュールをこなしていた。この日もトレーダーと打ち合わせをし、社内ミーティングを開き、投資顧問会社の社長と意見交換をした。明人と会っているとどうしても時間が取られ、皺寄せが来てしまう。明人は返事がないとさらにＬＩＮＥを寄越し、いきなり「今から会えない？」などと言ってくる。家事や育児に追われているとはいえ、自由な時間がある人の言動だと思った。

どうしても苛々してしまう。大手の証券会社の社員の妻が、夫が自殺したのは豪のせいだと訴えてきたためだ。

その社員は長者番付に載ったことがある不動産会社の社長との信用取引で大穴を開けた。社長は証券会社の社員に、はしもと金属の株を百万株買うよう依頼した。社員は言われた通りにすれば良かったのだが、はしもと金属は数日目立った動きはなく、井上《いのうえ》製菓の株が急上昇していた。信用できる複数の仕手筋から買いの声があった。社員は不動産会社の社長に内緒で、井上製菓の株を買った。実は社員の動向を窺っていた不動産会社社長はそこを見計らって井上製菓の株を全部売り払った。

社員の負債はすべて不動産会社の社長が立て替えた。その社長や仕手筋を裏でコントロールしたのは豪だった。以前から社員がそういうことをやっていると知っていた。

社員が首を吊った青山のマンションに、豪はまなみと亜梨と住んでいる。無論、ふたりにはこの部屋で何があったか黙っていた。豪にマンションを売却しても借金は返済できなかったため、社員の未亡人は不動産会社の社長の愛人になった。彼女は元グラビアアイドルだった。ウィンウィンで話は終わったはずだった。

父の尊徳がマネーゲームの初歩として教えた手口だったが裏目に出たようだ。

「あの、株が暴落したらどうなるんですか？　お金が紙くずみたいになっちゃうんですか？」

「ご安心下さい。ポートフォリオを組むことでリスクを低減できます」

パーテーションの向こうから、瀬島が新規の接客をしているのが聞こえる。株に興味を持ち始めた人にいちから説明している。AZ Option宛てに問い合わせの電話やメール、来客は増加していた。仕事は順調と言えよう。業界の人間と会うと、誰もが「このまま好調の波が続いてほしい。東京オリンピックの後も今の首相が務めてくれないか」と口にする。

現政権を支持する流れの背景には、民主党政権時より株価が二倍になったことが挙げられる。これは日銀のETF（上場投資信託）買いと国民の年金基金の投入によるものだ。これまでに六〇兆円を株式市場に注ぎ込んでいる。言うまでもなく、これはめくらましに過ぎない。実体経済とはほど遠い。いまに途轍もなく大きな反動が来る。破滅が待ち受けている。そのときこの国はギリシャのような終わりを迎えるのではないか。そして完全に終わるならまだしも、たいていは終わりの後にも続きがある。

人の親になると、この国の未来が気がかりになる。亜梨の将来が心配になる。

不意に我に返る。不倫をしている自分にそんな資格があるのか。

デスクに置き去りのDMの中から、画家の友人の個展の案内状を見つけた。

——まだあきらめていないのか。

豪の中に色褪せた感情が湧き起こる。

「社長、このデータですが」

営業部長が豪に訊ねる。豪は案内状をゴミ箱に放る。瞬時に考え抜き、決断を下す。走ることをやめたら、破滅が肩を摑んでくる。

＊

明人は図書館で借りたゴーギャンの評伝を読み終えると、ふうーっと口から長い息を吐いた。愛する人の過去を探るような気持ちで、ページを捲る手が止められなかった。

株式仲買人だったゴーギャンは三十五歳のとき、仕事を辞め妻と五人の子どもを棄てて画家になった。しかしまったく売れなかった。仲が良かったはずのゴッホと喧嘩になり、癇癪を起こしたゴッホは耳を切った。ゴーギャンは逃げるように当時のフランス領タヒチに渡った。そこで描いた作品をパリに送ったが、ほとんど黙殺された。

四十八歳のとき、ゴーギャンは手紙にこう書いた。

「決定的に私は悲運の星の下に生まれた」

翌年、離れて暮らしていた、ゴーギャンの娘が死んだ。ゴーギャンはどんどん荒んでいき、アルコール依存症になり、梅毒による体の衰えは進み、それでも絵筆を手放さなかった。ゴーギャンにとって絵筆は現世と自らを繋ぐ手綱だった。

そしてゴーギャンは大作『我々はどこから来たのか　我々は何者か　我々はどこへ行くのか』を完成させるものの、現代ほどの評価は得なかった。

タヒチよりさらに未開のヒヴァ・オア島に渡ったゴーギャンはそこでも問題を起こす。島民に通学と納税反対運動を焚きつけ、現地のカトリック司教や憲兵と争い、禁錮と罰金刑を命じられる（支払う金がゴーギャンにはなかったが）。

そうしているうちに目が見えなくなり、歩けなくなり、ゴーギャンは苦しむだけ苦しんで死んだ。一九〇三年、五十五歳のときだった。日本では明治の終盤、十六歳の美少年、藤村操《ふじむらみさお》が華厳の滝に身を投げた年。

豪の父親と会ったことはもちろんない。しかし豪の父が、何か願いのようなものを息子に託したのではないか。豪の父親は妻と、つまり豪の母と南の島で暮らしているというが、本当は何もかも捨てたいと思っているはずだ。人生の最後の最後で。

ゴーギャンの作品を愛する者は、ゴーギャンの人生に憧れを抱いている。しかしゴーギャンの生涯はあまりに峻烈《しゅんれつ》苛酷だ。

明人がさらに驚いたのは、ゴーギャンに人生最大のダメージを与えた愛娘の名前がアリーヌだったことだ。豪はそこから娘の名前を亜梨と付けた。これには唸ってしまった。

ふと時計を見る。明人は完成した設計書を携えてアン・ミナールを訪れることにした。データを送れば済むのだが、家に籠って仕事をするため、話し相手に飢えていた。矢須子や他のスタッフたちの活気がある仕事場を見ているだけで楽しいこともあった。

矢須子は不在だった。越谷咲《こしがやさき》がテーブルに麦茶を運んでくれる。

「咲ちゃん、ありがとね」

「明人さんこそ暑い中お疲れ様です」

咲は矢須子のアシスタントとして働いて七年になる。気立てのいい子だが、正直なところ仕事はできない。矢須子から愚痴をよく聞かされる。

「いまだにAdobe系ソフトをうまく使いこなせないし。感じがいいのが取り得だよね。お茶くみ兼ドジっ子のムードメーカー」

「でも咲ちゃんに応対してもらった客は、アン・ミナールに好印象を抱くと思うぞ」

「だから雇ってんのよ」

咲は話しながら大きな眼鏡がずり下がり、数分ごとに上げるを繰り返す。

「なんか明人さん、楽しそうに見えますよ」

「そうかな、フツーだよ。俺の感じの良さは昨日きょう始まったものじゃないし」

咲はカラカラと笑う。もうすぐ三十のはずだが、性の臭いを感じさせない。自分もむかしはこの手のタイプが嫌いではなかったと思う。

勢いよく扉が開く。拓海と子どもたちだった。Tシャツに短パンと、夏の定番の格好をしている。

「おー、よく日に焼けているなあ」

拓海がサングラスを外す。

「家族みんなでプールに行ってきたんですよ」

「仲いいなー。矢須子も？」

「いや、仕事ですね」

「じゃあ家族みんなじゃないじゃないか」

「そういえばそうだ！」

高校生の次男、健太郎《けんたろう》が言うと、その場にいた者たちで笑った。

「明人さんは、家族でどこか行かないんですか？」

訊かれるまで、何も考えていなかったと思った。

「光くんもまだ小っちゃいですもんね」

「うん。でもせっかくだから、行きたいよな。夏休みだもんな」

明人はすぐに好きなひとの顔を思い浮かべる。

＊

絵に描いたような入道雲が紺碧《こんぺき》の空に立ち昇る。お天道様が瞬きするたび、海辺の砂が微《かす》かに燃える。潮の臭いが素肌に紗をかける。海水浴場、パラソルとデッキチェアの衛星。ペットボトルの小湖が揺れる。海の前では誰もが子どもになる。誰もが唆《そそのか》される。

「アキちゃん、豪さんの横に立っちゃダメ！」

明人は美砂の言葉に、たるんだ自らの腹と、豪の引き締まった肉体を見比べる。

「おまけにその海パン、ダサダサ」

まなみも笑う。美砂はパラソルの下で、まなみに言う。

「豪さん、細マッチョ」

「水泳部だったんです」

「すごーい。どうりで」

「明人さん、肌キレイですね」

「ムダに美白。毛もないし」

明人が大声を上げる。

「そこの女子と、元女子！　なにをコソコソ話してる！」

「うるさいよ、ライザップのビフォー！」

「豪さーん、亜梨を海に連れてって」

「アキちゃん、光も」

豪が水着を着た亜梨の手を引く。明人もパンツ一丁の光を抱っこするが、賑やかな人々の数に気圧されている。

「海デビューしに行こ」

光は「ダーメ！」と泣き出しそうだ。美砂がその様子を写メに撮る。

「泣いたって無駄だよ。泣いても可愛いだけ」

亜梨は波打ち際で遊ぶ。寄せては返す波を不思議そうに見ている。

「ライちゃん、亜梨姉ちゃんを見て。全然怖がってないよ」

光は泣いて明人から降りようとしない。

「臆病だなあ。誰に似たんだか」

子どもたちに焼きそばとかき氷を食べさせて、親たちも寛ぐ。

太陽が真上に立つ。寝不足の明人がマットに横たわる。昨夜は遠足前日の子どものように、興奮してうまく眠れなかった。スマホのスポティファイのサマーソングを鳴らしながら、あっという間に寝落ちしてしまう。寝相の悪い明人はマットからはみ出し、砂の毛布に包まる。

一方、豪は久し振りの海を堪能する。息継ぎなしでブイにたどり着く。

日焼け止めを塗るまなみに、美砂が声をかける。

「まなみさん、よかったら私ここにいますから、好きにして下さい」

子どもたちは疲れて昼寝している。

「じゃあ、お言葉に甘えて」

まなみのビキニが人混みの中に消えていく。

明人が目を覚ます。

「あれ、俺たちだけか」

「そう」

「美砂も泳いできていいぞ」

「ありがとう。私はいいから」

「そっか、ちょっとトイレに行ってきていいか。悪いな」

「全然大丈夫」

「何かいる?」

「薄く切ったオレンジを浮かべたアイスティー」

「歳がわかるぞ」

明人は笑いながらその場を離れていった。

美砂は体育座りをしながら、人波の隙間から見える海を眺める。もともと泳ぐ気はなかった。

美砂は思い出す。自分が子どもの頃、家族で海に来ても、母親は海に入ろうとしなかった。「お母さんも一緒に海に入ろうよ！」と弟と誘っても、笑って取り合おうとしない。あの頃はまだ母に対してイノセントな気持ちが少し残っていた。いくら腕を引っ張っても、薄い木綿の長袖を捲ろうとさえしなかった。せっかくここまで来たのに、目の前に青い飛沫があるのに、海に入ろうとしない母の気持ちが理解できなかった。

いまはよくわかる。見ているだけで十分なのだ。

火花が散るような夏の思い出を幾つか持っている。それらを通り過ぎて、今がある。母になっている。

ああ、自分も歳を取ったのだと思う。

感傷的な気持ちは、光の泣き声に遮られた。抱き上げて、青い空の下でわが子をあやす。

明人は愛する男の姿を探す。こんなにいっぱいの人の中から探し出せたら、素敵なことじゃないかと思う。それでも海辺から宝石を見つけるよりは容易《たやす》いだろう。

インスタ映えを狙う女たちとナンパする男たちをかき分け、明人はあてもなく彷徨う。途中どうにも喉が渇いて、ポケットの小銭で買ったラムネで生き返る。あきらめて戻ろうか。だけど方向音痴の自分は目印さえ思い出せない。そのうち太陽が海に沈んで、人々が家路につくだろう。美砂も光も豪もいない。そうしてひとり残されて、月に照らされた黒い海にゆっくりと歩を進めていく。それも悪くないかもしれない。俺を見つけなかったおまえたちが悪いのだと、心の中で恨みながら。

年甲斐もなくそんな妄執で途方に暮れていた頃、明人は肩を摑まれた。振り返ると、全身を潮で濡らした豪だった。

「見つけた」

豪は白い歯をこぼす。明人は泣きそうになった。

人が見ていたって構わない。その厚い胸板にぶつかりたかった。「ロマンチストおじさん」とからかわれてもいい。

――浜辺の濡れた砂の上で抱き合う幻を笑え!

ああ、俺も歳がわかるな。

豪が囁く。

「探したよ」

明人は涙で綻びそうな顔に、懸命に笑みを作る。

「よかった、出会えて」

豪の言葉に頷く。南の風が誘う。明人にだけ聞こえる潮騒がある。

明人が足を踏み出すと、豪が下がる。明人がまた一歩踏み出す。豪が一歩下がる。豪がいたずらの笑みを見せる。

豪は明人に背を向けて、波打ち際を走る。明人が追いかける。汗が白い肌を弾く。派手なサンダルが脱げても一顧だにしない。駆け足で砂を蹴る。

――またこの海に来ような！　約束だよ！

明人は永遠の夏を信じることができた。

＊

夕焼けに後ろ髪を引かれ、早めに江の島をあとにしたつもりだったが、車が渋滞に巻き込まれてずいぶんになる。さっきまで通り雨が降っていた。雨上がりの国道はタールの臭いで充満している。冷えすぎは子どもたちに良くないからとクーラーを止めて窓を開ける。溶けたコークスが彼らの鼻腔をくすぐる。

車内でまなみは心ここにあらずだった。昼下がりのひとり歩きを思い出す。男たちは声をかけてこなかった。むかしはあんなにうざかったのに、いまでは物足りなく思う。自分の価値が目減りしたかのように感じる。年齢の割に明るい水着のせいか。かまととぶっていると思われたか。「子どもがいるようには見えない」と言われたがっているのが透けて見えたか。男たちは、子どもを産んだ女を女と思っていない。未産婦と経産婦を見分けるセンサーでも付いているのか。おそらくそれは、股にぶら下がっている。

寝息を立てる亜梨を膝に乗せながら、夜の窓に自分の顔が映る。母親になったのだから仕方がないではないか。慰めの言葉さえしわがれているように思える。

渋滞はまだまだ長くなりそうだ。車内でぼんやりとしていた美砂が話しかける。

「ごめんなさい、こんなことになっちゃって」

「とんでもない。もうちょっと男たちが早く戻ってきたら、ねえ」

運転席の豪と助手席の明人の耳にも届く。

「すいませんねえ」

「どこでお楽しみだったんだか」

明人と豪は何食わぬ顔をする。明人がバックミラーを覗くと、チャイルドシートの光はスマホのゲームに夢中だ。

「こういうとき、この車だと不向きですよね。いつも言ってるんです。もうちょっとファミリー向けの車に買い替えましょうって。でも私の話なんかいつも聞いちゃいないから」

まなみはつい、刺々しい口調になる。ＢＭＷの何が不満なんだと、明人にはまなみの優越感に聞こえる。

車内には薄くR&Bが流れている。「ロック以外は受け付けない」と言っていたはずの明人が小さくリズムを取っている。車は揺り椅子のように動いては止まるを繰り返す。まなみと亜梨の寝息に誘われて、美砂も眠りの世界に落ちていく寸前、夢うつつで見る。明人と豪が手を握りあっているのを。

7

豪は遅くできた子だから、そりゃあ可愛かったね。

水泳、バイオリン、英会話、絵画……物心つく前から稽古事はずいぶん習わせてきた。あの子の祖父、つまり私の父だが、学がなかったことがコンプレックスだったから、自分にできないことをやらせたいと、私が幼かった頃も色々と通わせてくれた。子どもだったから友だちと遊べなかったことを恨みに思う時期もあったが、今では感謝している。豪もそうだったと思うがね。

だからなのか、反抗期のようなものが遅くになって出てきたのか。まあ私も三度も結婚した身だから、これればかりは血かもしれん。

若い頃は絵描きを志したこともある。しかし、なれんものを目指したところで不幸になるだけだ。だからコレクションする側に回った。これまでずいぶん儲けさせてもらったな。ピカソを二枚所有していることが私の自慢なんだ。

この間もボートで地中海をぐるっと回ってきたんだ。むかしから海は好きでね、若い頃は仕事が忙しくてできなかったから、いまになって遅れを取り戻そうとしているんだ。

仕事ばかりの人生だった。いまどきの若者はブラックだ超過労働だと泣き言ばかり吐いてる。だから日本は沈んだ。私の世代の若い頃はみんな寝ないで働いたもんだが。電電公社がNTTになって上場したとき、初値は一六〇万円だった。その値を付けたのは私なんだ。豪には私が一生かかって得たものを伝授している。

家内とは別居している。これまでよく尽くしてくれた。「子どもに介護をさせて迷惑をかけたくない」。そういう気持ちでこちらに来たんだがね。豪は「困った親だ」と思っただろう。

「人生は短い」。ひとはよく口にするが、この歳になればよりこの言葉の意味がわかる。自分の人生だから好きなように生きたい。誰しもがそう思う。しかし、自分の好きなように生きても、幸福になれるとは限らない。

人生とは、とかく難しい。あの子もわかっただろう。むかしより、私に感謝してくれているといいのだが。

明人と豪の夏は激しく、緩慢に続いていった。

変わったことといえば、光と亜梨が通う保育園の保育士が、豪に猛烈にアタックを重ねていたことがバレて、重く見た園は彼女をクビにしたことぐらいだ。豪の家でまちぶせしたり、緊急連絡先が知りたいと聞きだした豪の携帯電話に何度もかけたりしていた。

豪は明人に何気なくそのことを話していた。林という名前の若い女だと聞かされたが、明人は思い浮かばない。豪も女性の特徴を伝えようとするものの、園の保育士は男も女も同じユニフォームのため、地味なルックスしか思い出せなかった。

「モテる男は罪作りだね」

豪はくすりともしない。

「家にも無言電話がかかっていたらしい。いまは実家の両親に引き取られたと聞いて、まなみはほっとしていた」

幸い、亜梨に危害はなかった。園長は豪とまなみに謝罪し、今後こうしたことがないよう、保育士の教育を徹底しますと約束したという。

「そんなこと言ってもな。次に入ってきた保育士がまたゴーちゃんのことを好きになったらどうする?」

豪は答えない。明人は少し苛立ってきて、言葉を浴びせてみる。

「だってそうだろ。いつだって、ひとのこころだけは縛ることができないんだ」

*

明人と豪は週末に子どもたちを連れてプールに行った。たまに拓海と末娘のメグも一緒に行くことでアリバイとした。豪が買い替えたパジェロに乗る。

「きょうはみなさん、夫の奉仕デーですね」

「拓海くんはいつものことだろ」

矢須子は、きょうは竣工の立ち会いだ。

「お母さんがいたらめずらしいよな」

拓海はメグに話を振る。メグは答えない。ローティーン特有の反抗期か、あまり表情を表に出そうとしない。

「うちは久し振りに休み。寝ていてくれたほうがありがたい」

美砂はこの頃、勉強会と称した飲み会に参加していた。連日遅い帰宅に明人は気を揉んでいたが、今夜は休肝日に充てると言っていた。

「きょうはカミさんの悪口が言いたい放題だ」

「ママにいいつけるー」

亜梨の言葉に、車中がどっとわく。

プールで遊ぶ。波飛沫も貝殻もないが快適だ。はしゃぎ疲れた光をビーチマットに寝かせる。亜梨もつられて横で眠る。まるで姉弟のようだ。拓海とメグはどこかに行ってしまった。人混みと喧噪の中、ふたりだけのプールサイドになる。西風が背中を下る。心地良さに思わず目を細める。明人はどさくさに紛れて、豪の肌についた夏の跡を指でたどる。すっかり水着の豪にやみつきになってしまった。「俺の男だ」と大きな声をあげたい。豪を見せびらかしたい衝動に駆られる。いつかおそろいのタトゥーを入れたい。お互いの名前でもいい。

明人の思いを知ってか知らずか、豪は芋を洗うようなプールに飛び込み、やがて見えなくなる。雑踏に消えた男を、明人はいつまでも目で追いかける。

*

あるとき、明人は豪を千葉の船橋まで誘った。お互いの家族と行って以来、通い慣れた江の島に行くものだと思っていた豪は、明人のナビに従い、車を走らせた。途中、不動産屋で鍵を借りて訪れた先は、一軒の小さな家だった。明人は鍵を開けて中に入る。その動きはかって知ったるものだった。豪があとに続く。白い天井と壁の廊下を抜けると、木目のフローリングが施されたダイニングキッチンにたどり着く。吹き抜けで開放感がある。大きな窓を開けて、風と光が飛び込んでくる。テラスには細い木が見える。螺旋階段の向こうには瀟洒な硝子《ガラス》ブロック。それほど坪数はなさそうだが、実際のスペースよりずっと広く見える。

見覚えがあると豪は思った。あたまのなかを探る。閃くものがある。明人を見ると、くちびるをほどいて頷いた。

「俺が初めて設計した家なんだ」

豪は出会った頃、明人のことを検索したら出てきた家だったことを思い出す。改めて家の中を見渡してみる。

「思い入れがあるよ。床の木材は何にしようか、キッチンの壁のタイルの大きさは何センチ角にするか、うんうん考えて、迷って。どこも全部理由があるんだよ」

自慢のわが子のように明人が話す。

「誰も住んでないの」

明人は少し間を置く。

「おふくろが住んでいたんだ。でも去年死んだ」

風が止んだような気がした。豪は明人の顔を窺う。

「オヤジに先立たれた後、女手ひとつで俺を育ててくれた。だから体を壊したのかな。なのに病院嫌いでさ。介護をさせなかったのは、おふくろなりの子孝行なんだろうけど」

明人の遠い視線の先に、豪は思いを馳せる。

「この歳になると、だんだん死が近づいてくる。やりたいことをやらないとな」

豪が小さく噴き出す。まだ早いだろと思う。しかし明人の真剣な表情は変わらない。笑った自分が恥ずかしくなる。テラスに植えられた木を眺めた後、豪のほうを振り返る。

「ゴーちゃんも、また絵を描いてみたら」

豪は小さく頷く。明人はそれが言いたかったのか。

「しかしそうなると、男と会ってる時間を削らないといけないな」

「いじわるだなあ」

明人の声が弾けた。

たぶんこのまま幸せな日々が続いていく。明人は思っていた。

しかし、終わりのない夏などないことを、ふたりはまだ知らなかった。

*

まなみが実家に日帰りし、美砂が出張で泊まりの夕方、明人は豪を家に呼んだ。

どうしても豪が欲しかった。豪も忙しかったが、明人の要望に応えた。

「元気だよねえ、五十二だろ？　若いときはもっと絶倫だったの？」

「ゴーちゃんと会って性欲が復活したんだよ。ダメなの？　じゃあ俺が美砂とヤッてもいいのか」

「奥さんじゃん」

「妻は別マラか」

卑猥な言葉でベッドに押し倒す。明人は自分で自分の言葉に煽られるタイプだ。

「奥さんとはしてるのか」

「してないよ」

豪は即座に返す。明人は意外と嫉妬深い。セックスレスだと明人には伝えている。

寝室の鍵は掛けた。背徳感から明人はいつもより感じる。女性が相手のときより声が出てしまう。同じ男だからどこが気持ちいいかわかる。女の前ではかっこつけてきたが、豪の前ではすべてを晒け出せる。我を失う悦び。どうなってもいいとさえ思える。

明人は豪の生え際を指でたどりながら愛の言葉を降らせる。好きだよと口にする。しかし豪も同じ男だからよくわかる。男にとって、セックスをする理由が、愛だけではないことを。

男が生きていく中でいちばんの問題は性処理だ。人格者も善人も、妻子を愛する家庭人だろうと、厳かな老神父だろうと、溜まり続ける精液を放出しなければ生きていけない。男がスキャンダルを起こすと「女性問題」などと人は言うが、あれは間違い。すべて「男の性処理問題」だ。

明人はあるとき豪に言ったことがある。

「精子を作る玉袋が本体で、他は着ぐるみに過ぎない」

これを否定できる男はいない。

「ヤリたい」こそ男の行動基本原理。一流大学に進学するのも、働いて飲んで食って、いい生活をするのも、すべてはひとりでもいい女、あるいは男とセックスをするため。だからどうしてもパートナーだけでは足りない。これが厄介なのだ。ひとりで処理する分には問題は起こらないが、レイプや痴漢といった性犯罪はもちろん風俗でも、戸籍上の配偶者以外と関係を結べば、下半身スキャンダルに違いはない。エリートコースを歩んできた成功者ほど社会から退場を余儀なくされる。

ましてやゲイ不倫など、絶好のバッシングの対象だ。

わかっている。だけどどうにもとまらない。

連中は知らないのだ。ハードルだと思っているものは、自分たちで作った枷《かせ》なのだ。明人も豪も越えてみてわかった。

その日も、明人は自分たちが楽しんでいる間、コンビニのからあげと、スマホゲームとアンパンマンを与えて、光を居間に放置しておいた。「悪い親だな」というつぶやきも燃料に変えた。言葉を覚えるのが遅いことを心配していたのに、密愛には好都合だった。

わざとクーラーをつけずに汗だくになるのを楽しんだ。行為が終わった後、ふたりは裸のままベッドで抱き合った。豪は寝室のテレビをなんとなくつける。彼の家にはまなみの教育方針によりテレビがないため、なんとなく見入ってしまう。「ドラえもん」を放送していた。明人が口を開く。

「知ってるか、ジャイアンってホモなんだぞ」

「まじで?」

豪は失笑に近い苦笑いを浮かべる。

「自分がゲイだという自覚がある。それがバレないようにするため、のび太に暴力を振るっているんだ。あれと一緒だ。ディカプリオが演じたFBI長官のJ・エドガー。ゲイを隠して生きてきた。だから自由に生きる人間を憎み、他者を圧した」

「なるほど。音痴なのにステージを開いたりして、歌手になりたいのはジャイアンの中の女性性なのかな」

「どうだろうな」

自分からおかしなことを言い出しておきながら、明人は乗ってこない。

リモコンでザッピングする。ティーンの女の子たちが大勢で歌っているCMが映る。

豪はこの手のアイドルグループが苦手だった。四人ぐらいまでなら我慢できる。しかしそれ以上だと直視できない。これが若い性の商品でなくて何なのか。おたくと称する連中が御託を並べたところで容認できない。おじさんが書いた歌詞を一緒になって歌って踊って楽しいのか。アイドルの子たちと同年代のファンならまだわかる。つらい日常に元気をもらえるのだろう。自分もがんばろうと思えるのだろう。しかし四十を過ぎたおっさんが追っかけをする様子は、単純に気持ちが悪い。ロリコン野郎と断罪したいぐらいだった。

「推しメンを挙げるのが現代の素養ですよ」

どこでだったか、誰だったか、そんなことを口走る奴がいて、虫酸が走った。

おまえのほうが意識しすぎなのだと言われればそれまでかもしれない。

だけどやっぱり生理的に受け付けない。

潔癖なのだろうか。異常なのか。ズレているのか。

そしてはたと気付く。これは結構な女性嫌悪《ミソジニー》だなと。

そんなことを考えていたら、明人がリモコンをいじりながら、思わぬ告白をした。

「俺な、高校生の頃、男から告白されて、周囲に言いふらしたことがあるんだ」

射精後の賢者モードだろう。明人はテレビのほうを向きながら、見ていなかった。

「その後そいつ学校を辞めた」

画面ではのび太がジャイアンに追い掛け回されたが逃げおおせた。いまはむかしと違って、いじめを助長しないよう、世間の声に鑑みて、ジャイアンの凶暴性が描かれていないと聞いたがどうやら本当らしい。

「悪気があったわけじゃないんだ。なんだろう、バカにされたような気になったんだ」

明人は豪のほうを見ずに続ける。

「とんねるずの石橋が保毛尾田保毛男《ほもおだほもお》をやってて、クラスでなよなよしているヤツはいじめられてた。俺も一緒になって無視した。修学旅行でみんなと風呂に入ったとき、こっそり勃起していたくせに。のぼせても出られなかった」

世代差があるため、豪は保毛尾田保毛男のことがわからなかったが、聞き役に徹した。

本当は訊ねたかった。

――僕と付き合ってるのは、そのときの贖罪《しょくざい》なの？

豪は明人を後ろから抱きしめる。自分の中に入ってきたそれに手をやる。管に残っていた精液が太腿の内側を汚す。

豪は思う。この人と自分は似た者同士だ。でも決定的に違うところがある。これがこの人の暗さの理由ではないと。まだ何か言えないことがあるに違いないと。

肝心のことを訊ねようとしたところで、どすんと物音がして、明人がベッドから跳ね起きた。居間の扉を開けると、顔面が血だらけの光が喚き立てていた。

＊

次の日、出張から帰宅した美砂はベッドの些細な異変に気が付かなかった。シーツなどをすべて洗濯した明人は、妻の目を眩ませた安堵より、わが子を傷つけた罪に苛まれた。

ソファに上り、赤ちゃん用の爪切りばさみを取ろうと手を伸ばした光は、転落してテーブルの角にぶつけて眉間を切った。流血する二歳児に、明人は瞬時にパニックになった。どこを打った？　顔以外にもケガは？　骨は折れてないか？　救急車を呼ぶ？　病院で事情をどう説明する？　虐待と誤解されて警察に通報されるかもしれない？　家で様子を見る？　だけど重傷だったら？

火が付いたように泣きじゃくる光に煽られて、明人は身動きできなくなる。どうしたらいいのかわからなくなる。見かねた豪が声をかける。明人は弾かれたように返した。

「豪は帰って！」

つい声が荒くなった。

「手伝えることがあったら――」

「帰ってくれ！」

豪は汗が乾いた体にシャツを羽織る。ベッドでパンツを探す丸い尻を、明人はわけもなく蹴飛ばしたくなった。

「メールする」

ひとことだけ残して、豪がほうほうの体《てい》で玄関から出て行った。

迷った挙げ句、明人は光を抱きかかえて、タクシーで近所の緊急外来に駆け込んだ。救急車を呼んだら、豪との関係や、光を傷つけた己の愚鈍を、けたたましいサイレンとともに満天下に知らしめるような気がしたのだ。

医師は明人にケガの状態を説明したが、狼狽と興奮が治まらない彼の耳には入らなかった。

「縫いましょう」

「傷は、残りますか」

医師は即答しなかった。頭部を強打している可能性もあるので、二十四時間以内に吐いたらまた病院に連れてきて下さいと言われた。

二時間半後には帰宅した。家に着くなり、ようやく泣き止んだ光を床に下ろすと、ごめんね、ごめんねと、明人は光に手をついて謝った。テープで止めたガーゼが痛々しい。泣きながら謝る父親に、光はどこまで物事を理解しているのか、明るく振る舞う。

「アンパンマン！　アンパンマン！」

明人の涙はしばらく止まらなかった。

深夜、明人は美砂に電話をした。どれだけの誹りを受けるだろうかと、覚悟を決めていたが、美砂は冷静だった。

「アキちゃんにいつもまかせっぱなしだから、光がこうなっても責められないよ」

明人は美砂に謝った。またしても涙が溢れた。美砂は許してくれた。しかし夫婦間で、明人は美砂に大きなイエローカードを取られたことが悔しかった。

光が寝付いた後、明人は淡々とベッドの戦禍を消した。シーツや枕カバーを剝ぎ取り、ファブリーズを大量に散布しながら、さめざめと泣きたい気持ちになった。

二日ほど保育園を休ませた。病院には行かず、嫌がる光の顔のガーゼを替えた。そこには無視できない大きさの傷があった。まるで不倫の刻印のように見えた。可愛い顔から目を背けたくなったのは初めてで、胸が押し潰されそうになった。ネットで調べると、一概には言えないものの成長とともに傷は小さくなるとあり、明人は膝を折った。これは戒めなのだと思った。豪と関係を結ぶようになってから初めて、一週間以上会わず、ＬＩＮＥが来ても既読スルーをした。

慌てたのは豪だった。明人が、電話をかけても出ないことが信じられなかった。自分がケガを負って電話に出られないのならわかる。返事がないとはどういうことか。避けられているることが信じられなかった。光がケガをしたのは自分のせいだとでも言いたいのか。豪には理解できなかった。

未読のＬＩＮＥの山に、責められていると知った明人は苛立ちから、豪が怒ることを承知で返した。

――育児をしたことがない奴はやっぱりわからないんだな！

どんなに親密な者でもその関係が突然破綻を迎えることは珍しくないが、往々にしてそれまでの気安さや「ここまで言ってもいいだろう」という甘えから亀裂が生じる。自分でも気づいていなかった不満に多々気付き、誤解と妄執が加わる。明人と豪はここに至って初めて大きく衝突した。

豪は思う。確かに今回光がケガをしたのは自分たちが目を離した隙に起こったことだ。それは認める。しかし、だからといって自分たちの仲が険悪になるのはおかしい。親が傍にいても子どもはケガをすることがある。ふたりの関係に疚しさを感じているから自分だけでなく僕のことも責めるのだ。

明人は思う。子どもが小さいうちはすべて親の責任。だいたい普段から子育てをしていないからそうした意識が希薄なのだ。〝自分の子どもだけでなく、保育園の他の子どもたちも可愛いと思う気持ちがわからない〟と言っていたが、愛する男でもその子どもは関係ないのか。どうでもいいのか。貴様に親の資格はない。

あとは男女でもありがちな展開が繰り広げられた。こんなときでも証拠が残らないようLINEを送っては消し続けた。双方の怒りは持続し、翌々日まで冷戦は続いたが、好きの深度が強いほうが先に折れた。豪は素直に謝罪を伝えるLINEを送った。返事が来るまでの五分が長く感じた。明人は「ありがとう。心配かけたね」と返した。豪は電話をかけてもいいかと訊ねる。いま美砂がいるからとわかりやすいウソをつかれて切なかった。豪は素直に謝りたかった。

「社長、よろしいでしょうか」

瀬島が訊いていたのを、豪は気付かなかった。渡された大事な書類に目を通すが頭に入ってこない。席を立って洗面所に顔を洗いに行った。鏡で目が合った男が酷くぶざまに見えた。しかし彼はこののちもっと惨めな自分と出くわすことになる。

＊

ふたりが冷静さを取り戻し、ようやく会おうとした矢先、明人は光を連れて山王病院に行った。光の顔のケガの経過を診てもらうためだった。そこでまなみと偶然会った。まなみは化粧っ気がなかった。女はこういうとき、二種類しかない。ひとつは葬式や不幸の場。ふたつめは「女」であることを飾らずに証明できるときだ。

まなみは明人を見つけるなり、やわらかくはにかんだ。いつものように、ひとを掌に乗せるために。

「三ヵ月だって言われました」

明人は言われた言葉の意味がわからなかった。まだ宇宙人や幽霊が現れたほうが現実味があった。なのに、口をついて出ていた。

「おめでとう」

明人の脳裏を掠めるのは、皮肉屋の母親の口癖だった。

――人間、言ってることと腹の中は違う。

言われるたびに笑って返していたが、明人は身をもって親の箴言に震えた。

「おめでとう」

明人は繰り返した。しかし光を握る手に力が籠って泣かしてしまう。どうしたどうしたと抱っこをしながら、ようやく我に返る。自分はいまどんな顔をしているだろうと思う。

*

まなみは広々としたダイニングのソファで優雅なお茶を嗜む。妊娠の経過は順調だった。二人目が、しかも男の子が生まれたら、自分の地位はより盤石なものになる。

ソファに深く身を委ねながら、独身だった頃、友達に誘われて新宿二丁目のお店に付いて行ったことを思い出す。この回想は時折予期せぬ形でまなみのこころに甦った。

「男をやめたらラク。男がスキって言えるようになったら、怖いものはなくなった」

モーリさんはそう言っていた。ヘルメットのような黒いヘアスタイルと、厚化粧でも濃い目の青髭が隠せない、年齢不詳のママさんだった。逞しい二の腕をしていた。いちばん強い性別だと、まなみは思った。

「男が競い合うのは男。いがみ合うのも男。女はものの数にも入らない。男は生まれついてから死ぬまで、金がほしい、成功がほしい、遊びがほしい、危機がほしい。命の駆け引きをし続けて、自分以外の男と奪い合う」

友達が無邪気に訊ねた。

「女だって色々ほしいですよ。男の人は私たちに何をくれるんですか」

モーリは言った。

「あんたたちには、愛でも与えておけば十分でしょ」

友達は笑ったが、まなみは笑えなかった。

モーリは続けた。

「いい？　男は、本当は男が好きなの。でも男とはセックスできないから、仕方なくあんたたちとヤッてるの」

「なんでしないんですか？」

「あんたほんとバカね。ヤッちゃったらもう終わりでしょ。大事なものを失くしたくないから。友達に戻れなくなるから、セックスしないの」

「えー、男のどこがそんなにいいんですか」

モーリは、小娘は無知とでも言いたげな笑みを浮かべた。

「男は女みたいにめんどくさくないし、御機嫌を取らなくていい。気を遣わないし。子どもの頃からそう。鬼ごっこも、缶蹴りも、サッカーも女とやって楽しいわけないでしょ。女とは怪獣の話もジャッキー・チェンの話もできないし。なんで男の子はみんな野球選手になりたいんだと思う？　大っぴらにケツを叩けるからよ。

男は男に目覚めたら、女なんか平気で捨てる。平和な時代に優しく生きていても、むかしの友達に誘われたら、カウボーイのように去っていく」

あのときのモーリさんの顔。いくつも大事なものを捨てたはずなのに、もっと大きなものを得た者のみができる笑みを浮かべていた。あのときの至言はいまもまなみの中にある。

なぜそれを不意に思い出したのか、まなみにはわからなかった。妊娠中のため精神安定剤をやめたせいかもしれない。

＊

明人は医師から光の回復状態が良いことを褒められても、嫌いな女の喜色満面がちらついて気が狂いそうだった。光を乗せた自転車が赤信号でベンツに煽られても、こころはそれどころではなかった。途中ピーコックで買い物をすることを忘れ、帰宅してから光の相手をしながら、あたまの中がぐるぐると回り続けている。落ち着け落ち着けと自分に言い聞かせる。

豪から、家に行ってもいいかとＬＩＮＥが届く。信じられなかった。何もかもが。喉元過ぎればというほどまだ時間は経っていないだろう。それにもっと大事なことを隠していることを、自分が知らないとでも思っているのか。

明人は、問い質すために、家に来てもいいとＬＩＮＥを送った。豪はそれを仲直りのものと受け取った。結果、鐘山家は痴話喧嘩に打ってつけの場になった。

豪が着くなり、明人は即座に切り出した。

「妻とはセックスレスとか言っときながらヤッてんじゃん！」

豪は虚を衝かれる。どうりで玄関を開けたときも顔を合わそうとしなかったわけだ。そんなことで忙しい僕の時間を割いたのか。そもそもヤる気がないのならＯＫを出さないでくれ。

「さっきこの子を病院に連れて行ったら会ったよ。おめでたじゃん！」

アンパンマンを見ていた光が明人のほうに来て、怒っている父親を自分に向けられたものと思い、泣きながら明人を叩く。けれども明人の視界に息子は入らない。豪の緩めたネクタイが、明人には萎びた性器に見えた。

沈黙する豪を、明人は詰り続けた。怒り心頭の相手に対して、何を口にしたところでキレ返されるとわかっていた。それでも「何か言え」と明人にしつこく要請されて、貝のように閉ざしていた豪の弁解は、最悪なものだった。

「しょうがないだろ、おまえとは子どもはできないんだから」

涙目の明人に、念を押すように続けた。

「あいつが、もうひとり欲しいって言うから。それだけだ」

豪もこんな理屈が明人に許されるわけはないとわかっている。しかし彼にとって妻との子づくりは断じて浮気の範疇に入るものではなかった。戸籍上の配偶者であり、異性であり、何よりおまえを思い浮かべながら射精したのだからと、豪は喉元まで出ていたが、どうせ烈火のごとく怒られると思い、黙っていた。

「そうだよな、なんだかんだ言っても、ほんとは女が好きだよな。じゃなきゃ子どもがふたりもできるかよ」

豪は聞き捨てならないと、「三島《みしま》だって子どもがふたりいるよ」と弁解したが、焼け石に水だった。

明人は恥も外聞もなく、泣きながら怒り続けた。傍らの子どもも泣いている。まるで地獄だと豪は思った。

明人は興奮のあまり、豪の家に無言電話をかけていたのは、実は自分だと告白した。豪と一緒に暮らしているまなみに嫉妬していたと話した。豪はへなへなと力が抜けそうだった。

それでも、この期に及んでも豪はまだここから交わりへと転換できないかと考えていた。これまでの女たちがそうだった。泣いて怒ってもそれは前戯へと変わった。そしていっそう盛り上がった。豪にとって許さない女は融通が利かないものとして、切って捨ててきた。愛を試されているのは自分じゃない。おまえのほうだと念じながら。

興奮のあまり、明人は自分の膝に追いすがる光を突き飛ばしてしまった。火が付いたように泣きじゃくる光を、明人は必死になってあやす。明人の顔が嫉妬に狂った男から、一瞬父親に返ったのを、豪は見逃さなかった。

明人が叫ぶ。

「帰ってよ！」

来てもいいと言ったのはおまえだと、豪は思ったが口にしなかった。買ってきたケーキも突き返された。

明人のマンションの前で、豪は佇む。頭の中はコンフューズしている。そこが初めて明人とキスをした場所であることを頭の片隅で認めながら、まなみに見つからないようにと愛車でなくタクシーで来たことを思い出しながら、やれやれ戻ったらすぐに仕事だと自分に言い聞かせながら、オトコができたから仕事がおろそかになったとは死んでも言われたくないと、表通りに出て、静かに手を挙げた。

いつか見た、罪人《とがびと》を描いた宗教画が豪の頭の中で浮かんでは消えた。

## 8

社長は、秘書として仕事を任せて下さり、僕のような若造が普通だったら会うことができないような社会的成功者との会に同席させてくれるなど、とても感謝していました。社長のことを尊敬していました。会社の経営者としてだけでなく、ひとりの男性として。

料亭やレストランの個室など、先方が帰ってふたりきりになった後、この時間が長く続いてほしいと願いました。

帰りのタクシーで、酔った勢いでしな垂れかかってみたかった。だけど勇気がなかった。警戒されて今後重要な仕事が回ってこなくなるのが怖かったのです。

なのに……それなのに。

そうですね、みなさんが思うようなスマートなイメージだったのに、あとで考えてみると、夏ぐらいからおかしくなっていったような気がします。一社員としての接し方は変わらなかった。最後まで、僕の気持ちに気付いてもらえなかった。

いまも時々考えるんです。どうして僕じゃなかったのだろう。

部下とは一線を画す方針だった？

それとも、僕にはまるっきり興味がなかった？

あのとき、どうしていれば、状況が変わっていただろうかって。


まなみの妊娠を知った美砂がお祝いをしましょうと彼女にメールをした。

八週間経ち、まなみは安定期に入り、悪阻《つわり》も落ち着いた。美砂もこのところ本業だけでなく、テレビ出演が相次いでいた。仕事の調整をつけ、日程が決められた。何が食べたいかも含めて、夫の意見は後回しにされた。

互いにＬＩＮＥすら送らず、保育園の送りもすれ違いだった明人は、美砂から聞かされた「今度の土曜日」が、内心待ち遠しかった。豪の顔を見たら何もかも許してしまうとわかっていた。

そしてその日はやってきた。子どもＯＫの個室があるお店も検討したがどこも埋まっていた。前のように有馬宅だと妊婦のまなみが用意をすることになる。ごみの片付けも含めて美砂はやらせたくなかったが、「うちのほうがラクなので」と、明人と美砂と光は有馬宅に招かれた。幸福なダイニングキッチンは夏向けのカーテンに衣替えし、さらに幸せな色合いが増したように見えた。外に出ないはずなのに、まなみはナチュラルメイクをばっちりと決めて、雑誌から抜け出てきた読者モデルのように見えた。

料理の腕に自信のない美砂は手料理を持参せず、ウーバーイーツで賄うことにした。まなみと豪の苦手な食材を聞き、赤坂の中華、恵比寿のイタリアン、広尾の野菜ジュースをオーダーした。

ゆったりしたワンピース越しに、美砂は光の手を取り、まなみのすでにこんもりした腹部を触らせた。

「赤ちゃんがいるんだよ。光は覚えてる？　ママのお腹にいたときのこと」

光は難しそうな顔で答えない。

「亜梨ちゃん、もうすぐお姉ちゃんだね。嬉しい？」

亜梨は満面の笑みで「楽しみー」と答える。

「もうどちらかわかる？」

「男の子なんです。亜梨はおとなしかったけど、男の子は手が掛かるって聞くと……」

「大変だよ。男の子のほうがすぐに熱が出るし、生まれてから一歳が過ぎても毎週病院に診てもらうことになるし、歩けるようになったらなったで暴れん坊で目が離せない」

「全部押し付けてごめんね」

美砂が明人の肩に手を置く。

「この人、内科から皮膚科から歯医者から定期健診から、全部連れて行ってくれてる」

「やさしー。でも豪さんも、今回亜梨のときより悪阻がつらかったんですけど、背中を摩《さす》ってくれたり、とっても優しかったです」

「大事だよね。女の人は妊娠中に男が冷たかったりすると、一生恨みを忘れないって言うし」

「そうだよ。豪さんえらい」

チャイムが鳴る。運ばれてきた料理を皿に移し替え、舌鼓を打つ。

「うちもよくウーバーを利用してます」

「便利だよね。ここらへんは美味しいお店が多いし」

「このホタテとキノコのクリーム煮、美味しい」

「よく頼むの。アキちゃんごめんね、手抜きばかりで」

晩餐会が笑い声に包まれる。またチャイムが鳴る。豪は受け取りに出る。光もついていく。明人が声をかける。

「すいません、もてなされる側の人に何度も立たせて」

豪が配達員から受け取った料理を光が寄こせ寄こせと催促する。亜梨と一緒にまなみに渡す。水牛のモッツァレラとトマトのムース、うずらとラグのニョッキが食卓に並ぶ。

「これも美味しいー」

「喜んでもらえてよかった」

時間は平穏に流れていった。豪は明人と時折目が合うと、意識して視線を外した。明人は豪と目が合うと、さしたる意味などないように、光のほうを向き直して、食べたいものを取り分けてあげた。

この手の席にありがちな四方山話は色々なところに転がっていった。

「いまのＮＨＫの朝の連ドラ見てる？　あれどうなるのかね。主人公が仕事を辞めて家庭に収まる展開になるとテンションがダダ下がりするんだよなあ。あ、この家、テレビなかった」

「こないだあったクレーム電話が、〝おまえらは税金を使って町内会の会合に出ている〟って。お弁当が出る会議とか、お酒が出る集まりとか、お金を出さないわけにはいかないのに。〝あいつはタダで飲み食いしていった〟って陰口を叩かれたくないし」

「子どもをふたり育てるのにいくら掛かるんですかね。ようやく親のありがたみがわかるようになってきました」

「昨日テレビで子ども食堂のことを取り上げていたよ。第二次安倍政権が誕生したとき、真っ先にやったことが生活保護費の削減だった。オスプレイを買うためにアメリカに四〇〇〇億円出すなら、保育士に高い給料を払って、認可保育所を作れ。しっかりして下さいよ、都議員センセイ」

「ハイ、すいません」

ワイングラスを揺らす豪にまなみが話を振る。

「あなたは何かないの」

「うーん、内外債券一体型ファンドの話とかしても面白くないし、僕もこんなときまで仕事のことを考えたくないからね」

明人は椅子から立つ。

「トイレですか。出て玄関の右です」

豪が立ち上がり、明人を案内する。居間を出て、玄関の脇の電気のスイッチをつける。そこは居間から死角になる。明人は豪の手を握った。互いの視線が交差する。

——まだ怒ってる？

——もう怒ってないよ。

一瞬でふたりはわかりあう。

トイレから明人が戻ってきたのを待って、美砂が提案する。

「スイーツ頼まない？　まなみさんも食べたくない？　お酒飲めなかったし」

子どもたちも含めて全員が賛成する。原宿の知る人ぞ知るアイスを注文した。

明人と豪はふたりだけにわかる目配せを交わす。席が離れているからできないが、テーブルの下で手を握りたい。豪はどうにか明人が機嫌を直してくれたことに安堵し、明人は明人でやっぱり豪を手放せないと、会わない間強く思った。

チャイムが鳴った。明人が豪を手で制して立ち上がる。光が付いて行く。玄関を開けて配達員から受け取る。明人が光に手渡す。光が数少ない喋れる単語、あいすあいすと言いながら美砂のほうに駆けた。ありがとうございましたーと玄関を閉める刹那、後ろから駆け寄ってきた女が閉まる扉に手を差し込んだ。それはあっという間の出来事だった。

明人は驚く暇もなかった。髪の長い、若い女が突然上がり込んできた。明人が肩を摑んでもおかまいなく、土足で居間に入り込んだ。彼がまず思ったのはふたりの子どもの身の安全だったが、女の目的はそこではなかった。

「こんばんは」

その声に彼らは振り向く。美砂にとっては見知らぬ女だった。女の背後に慌てた明人がいるので、彼女は一瞬、明人の女かと錯覚した。しかし違っていた。豪は言葉を失っていた。まなみは口を手で押さえた。

「だれ……？　警察を呼びますよ！」

美砂の声に、女は顔色を変えなかった。全身をだぼっとした黒い服で包み、挑むようなまなざしだけがあった。

「あたしはこの人の元愛人。この女に別れさせられた」

女は豪と、次にまなみを指さした。啞然とするふたり。

「ママ、だれ」

亜梨がぽかんとしている。

「亜梨っ」

身重のまなみが屈んで亜梨に飛びつく。その演技がかった行為に女は憮然とする。

「小さい子には危害を加えない。そんなことのために来たわけじゃない。奥さんたちに大事なことを伝えに来ただけ。それだけ済んだらすぐ帰る」

女の声は落ち着き払っていた。腹を決めたことがわかる声色だった。

「この人たち、デキてるよ」

女は豪と、明人を指さした。

その瞬間、明人は時間が止まったように感じられ、強く目を閉じた。

豪は身動《みじろ》ぎもせず、座っていた。正確には金縛りにあったみたいに動けなかった。

すぐさま取り繕うべきか、頭がおかしな女と笑い飛ばすべきか、手段を講じるべきだったが、死刑宣告を受けたようにふたりは何もできなかった。しらを切るには明人も豪も善人すぎた。

「なにそれ」

美砂が脊髄反射で返していた。女は念を押しにかかった。

「あんたのダンナと有馬豪は、妻の目を盗んでセックスしている。男同士でどうやるのか知らないけど、セックスしているの。奥さんがいない間に」

石のように凍りついた沈黙。いっそ心臓が氷結すればいいのにと明人は思った。

「いいかげんなことを言うな」

間抜けな端役と自覚しながら豪がようやく言い返す。女はスマホを取り出す。

「これが証拠」

女がスマホの画面を次々と見せる。美砂とまなみは蛾が夜灯に誘われるように覗き込む。明人と豪は動けない。

女たちは見た。帝国ホテルを、ラブホテルを、互いの自宅を、時間差で出入りする明人と豪を。

美砂はスマホをひったくる。まなみも顔を近づける。指で写真を拡大する。ボヤけているが見間違えようがない。確かに夫の明人だった。美砂は明人を見る。明人は冷めた目で、美砂の視線を受け止めた。まなみは美砂のように女のスマホを手に取って確認することはしなかった。夫の再度の裏切りは受け入れ難かった。

「ご納得？」

女はスマホを手に取り戻す。彼女の目的は達成された。ナイフも銃も爆発物も所有していなかったが、ふたつの家族を木端微塵にするには十分なテロを敢行した。

「じゃあね」

女は去っていった。誰も追おうとしなかった。扉が閉まる音を合図にするかのように、美砂はぽつりとこぼした。

「なにこれ」

美砂はもう一度同じ言葉を繰り返した。誰からも、何の反応もなかった。幼い亜梨は微妙に空気を感じ取って黙っていた。光は思い出したように、あいすあいすと両腕を振った。まるで話をそらそうとするかのように。

明人は無表情の鉄仮面を張り付けたまま、何も考えられなかった。

どうしたらいいのか、見当もつかなかった。テーブルのそばで立ち尽くした。

これまでテレビや映画でいくつもの修羅場を見てきた。すべて娯楽として楽しんできた。いくつも見ているうち比較と批評が生まれ、夫の姦通を知ったからとはいえ、女がむやみに騒ぎ立てればいいというものではないとか、もっと変わったことをやれとか、無責任なものを求めるようになった。他人事だったからだ。しかし彼はいまこの瞬間、当事者になった。観客がいない舞台の主役となった。

明人がいちばん恐ろしかったのは、美砂の反応だった。日頃から明人の些細な発言にエスカレートして、「離婚する」「飛び降りてやる」「手首を切り落とす」などと物騒な言動を繰り返す美砂が、ましてや夫の不貞を知ったらどうなるのか。マンションが一棟倒壊しかねないほどの大爆発を起こすかと思いきや、彼女は塞ぎ込むように沈黙していた。

静寂を破ったのは、美砂より高いプライドが瓦解した女だった。

「ふざけんなこら！」

まなみがテーブルを越えて明人に飛びついた。華奢な彼女からは想像もつかないほどの跳躍力だった。明人はもんどり打って倒された。まなみは明人の上に馬乗りになって、ネイルサロンに行ったばかりの爪で彼の顔をめちゃくちゃに引っ掻いた。すぐに美砂と豪が止めに入る。明人はまなみの細い両腕を摑むが、どこからこんな力が湧き出るのかと思うほどのエネルギーになすすべがない。ふたりが必死に押さえつけようとしても、金切り声とともに振り払われた。まなみは明人の胸の上に移動し、全体重をかけて明人の首を絞めた。頸動脈を押さえられて、明人の目がかっと見開く。まなみの瞳孔も開いている。亜梨は母の見たこともない形相に怯えている。明人が死を予感した直後、豪がまなみにタックルを仕掛けた。椅子がいくつも倒れる。豪がなぎ倒した後もまなみは彼の体の下を這い出て、再び明人に飛びかかると、彼の顔を拳骨で殴りつけ、張り手の雨を降らせた。豪と美砂が止めに入ってどうにか引き剝がす。まなみは明人に唾を吐きかける。

「死ね！」

まなみは尻もちをつくような格好で、豪に背中から押さえられても、明人を蹴飛ばそうと足をじたばたさせた。

「やめろ！　おまえは妊婦なんだぞ！」

「うるせえ！」

まなみは肩を怒らせながら、なおも暴れようとする。

「やめろっ！」

「うるせえって言ってんだろ！」

優雅でしとやかなまなみしか知らない美砂は、化け物でも憑依したかのような彼女の烈しい振る舞いに圧倒された。まるで般若のよう、というより、般若そのものだった。亜梨が泣き出す。つられて光も泣く。それでも美砂は立ち尽くしていた。

「お帰り下さい！」

豪の声にようやく我に返る。倒れたままの明人を起き上がらせようとする。髪は荒れてぼさぼさ。顔中傷だらけで、爪が食い込んだ首からも血が出ている。口のなかが切れたのか、唇の端からつたうものがある。自分の夫ながら、ぶざまの一語に尽きた。

「待て！」

まなみの甲高い声に、美砂は振り向く。

「携帯電話のデータを消去していけ！」

「おい」

「アドレスを全部消してから帰れ。おまえもだ！」

まなみは自分を羽交い絞めする豪にも声を向けた。豪はまなみから「おまえ」と呼ばれたのはもちろん初めてだった。

美砂はテーブルから落ちた明人のスマホを彼に渡す。指紋認証で起動する。明人が弱々しい指の動きで操作する。頭を殴られたせいか、それとも躊躇か、明人がぐずぐずしているように見えた。美砂にはそれがまたやるせなかった。

「もう襲わないから放せ！」

豪は腕をほどく。スマホを探すふりをして、尻ポケットにあったことを思い出した。

「もたもたするな！」

豪は明人の連絡先を出し、削除したことをまなみに見せた。

「メルアドもだよ！」

「どうやって消すんだ」

まなみは俊敏に立ち上がると、豪のスマホを奪い、明人の元に駆け寄り、彼のスマホもひったくると、洗面所まで走り、トイレに投げ込んで「大」のボタンを押した。誰も止められなかった。居間で水が流れる音を聞いた。

まなみがゆらりと影を連れて戻ってくる。号令をかけるように絶叫する。

「帰れーーっ！」

幸福な晩餐は無残な食卓に変わり果てた。明人はよろよろと立ち上がる。号泣した光が彼の胸に飛び込んでくる。光のシャツに明人の血がべたりとつく。美砂が大事な命を守るように光を抱える。玄関に向かう三人にまなみは言葉を浴びせる。

「なんか言うことないの」

明人は靴紐を結びながらその声を聞く。謝罪を求めているのだ。そうでなくてもまなみは、盗人の声をいま一度耳にしてみたかった。

明人と豪は余計な言い訳をしなかった。それは彼らなりの潔さであったが、嘘とわかっていながら嘘と言い張ることもしない夫に、双方の妻は落胆を隠せなかった。どうして必死になって「あれはデタラメだ。一線は越えていない。信じてくれ」と抗弁してくれないのか。美砂は泣きたくなった。

「なんか言え！」

明人は応えない。靴紐を結び終わり、ゆっくりと立ち上がる。居間のほうを振り返ることはしない。まなみはとどめのひとことを放つ。

「もう会うなよ。また私の知らないところで会ったら……殺すよ」

玄関のドアがばたりと閉まる。泣きじゃくる亜梨の声が遠くなった。

エレベーターの中で、美砂は光をあやす。明人はひとことも発しない。明人を責めたいが、とりあえず言いたいことはすべてまなみが代弁してくれた。自分を裏切った夫に寄り添いたくないが、家に帰ることしか頭に浮かばなかった。

マンションを出る。明人は足を引き摺っている。どうするべきか。救急車を呼んだら大騒ぎになることは必至。明人の浮気が露呈しても、夫婦喧嘩だと邪推されて、マスコミに漏れる可能性がある。議員として大きなダメージになることは避けられない。かといってこのまま見過ごすことはできなかった。

「病院に行ったら?」

明人は何も言わない。アキちゃん、と再度呼びかけた瞬間、美砂の目の奥は白く照らされた。何が起こったのかわからなかった。

「東雲先生」

フラッシュが焚かれた後、スーツの男が、週刊誌の名を告げた。他にカメラマンと、動画を撮る男がいた。

「何があったんですか。御主人、大けがをしているじゃないですか!」

明人にもカメラが向けられる。

「大丈夫ですか。頭から血が流れていますよ！」

その声に興奮はあっても、安否を気遣う色はない。ただの興味本位だ。

「東雲先生、お答えいただけませんか。ご友人と食事会だったんですよね。何かあったのですか」

記者の唇は下卑た笑みを乗せている。美砂は瞬時に悟る。あの女だ。豪の元愛人と称した女が連中を呼んでいたのだ。元愛人にとっても、週刊誌の記者にとっても、血まみれの明人が出てきたことは計算外だっただろう。

あの女は自分たちに恨みはない。しかしかつて愛した男がいま不倫をしている相手の配偶者が有名人だとわかったとき、豪とまなみを困らせるために、騒動を大きくしてやろうとマスコミを手配していた。元愛人はバッグひとつ持っていなかったが、とんだ置き土産を用意していた。

「我々の取材によると、東雲先生の御主人と、こちらのマンションにお住まいの男性が、不適切な関係のようなのですが、事実でしょうか」

美砂は立ち止まったことを後悔する。ぐずり出した光を抱っこしながら急ぎ足になる。明人も足を引き摺りながら急ぐ。記者は追いかけてくる。

「コメントをください。議会のときのように雄弁にお願いします」

「御主人は何かありますか」

カメラを向けられて、明人が考えていたことは、ウーバーイーツで届いたばかりのアイスはどうなっただろう。溶けて棄てられただろうか。亜梨が泣きながら食べただろうかということだった。

真っ暗なコンクリートの道を進みながら、そんなことばかり考える自分を、明人は不思議だと思った。

あり、パパのことすき。
ママのことすき。
パパにあいたい。

## 9

彼らにとって人生最悪の夜から数日が経過した。予想通り、いや、予想を遥かに超える悪夢がやってきた。

まずは週刊誌が発売前日に公式アカウントでツイートをアップした。これで導火線に点火された。

週刊現代　@shukan_gendai
〝キレすぎる都議〟東雲美砂都議の夫　カリスマ設計士が株式仲介会社社長と〝ゲス不倫〟ならぬ〝ゲイ不倫〟―スクープ速報　#東雲美砂　#スクープ速報　#週刊現代

これに次々とネット速報が乗っかった。当該記事が掲載される発売日当日には、朝から複数のワイドショーが番組のオープニングから大々的に取り上げた。「東雲美砂さんのこれまでの議員活動を紹介します」と、議会で演説し、激しい野次が飛ぶ中、警備員によって壇上から強制的に退場させられる光景を繰り返し流した。明人が設計士として活躍してきた記事を見せた後、元愛人の思惑通り、豪のことにも触れた。「都内にある、歴史を持つ株式仲介会社社長」として、一般人への配慮からA氏として取り上げ、ＡＺ Ｏｐｔｉｏｎのホームページから拾ってきた豪の顔写真にモザイクをかけていた。元愛人が提供したのだろう。明人と豪が時間差でホテルに入る写真を公開した。

〝ｗｅｂ現代〟のロゴが入った、美砂と明人を直撃する映像まで放送された。酒により顔が浮腫《むく》んだ美砂と、痛々しい様子の明人は、視聴者の安い想像力を刺激した。

スタジオに戻ると、義憤に駆られたとばかり、かつて奇抜な番組ばかり作っていたプロデューサーが口角泡を飛ばした。

「しっかりしてほしいよね。これじゃあ美砂議員に投票した有権者ががっかりしてるよ！お子さんもまだ小さいのにね、巻き込まれて可哀想に。このふたりには親の資格がないよ」

別の放送局でも、カツラを被っていることがこの国の公然の秘密である男性司会者が、ゆゆしき事態といった表情で、レポーターに訊ねた。

「それで、この東雲議員の御主人と株の会社の社長さんは何かコメントしてるの？」

「まだです。東雲議員の事務所に訊ねたところ、ファックスで〝東雲美砂の夫の鐘山明人がA氏と友人以上の関係があるかのように報じられていますが、そのような事実は一切ありません〟と返答がありました」

司会者が苦笑する。

「嘘はいけないよ、嘘は」

「ですよねえ」

快活な笑い声が飛びかう。こづかい稼ぎのコメンテーターの面目躍如。したり顔のオンパレードだった。

事務所の電話は鳴りやまない。ほとんどが支持者を名乗る、野次馬の輩だった。対応に忙殺され本来の業務は不可能となり、秘書に相談された美砂は、「週明けまで閉鎖しましょう」と伝えた。

美砂は対応に追われた。記事が出る前々日、立憲民主党の都議会幹事長と地元の後援会会長には謝罪とともに報告した。それぞれ、「表に出るな」とのお達しだった。「自分の不倫ではないし、議員活動とは直接関係ない。――しかし、想定外に尾を引いた場合は会見を開く」という考えで一致した。美砂は誰もいない居間でひとしきり頭を下げた。

電話を終えると、矢継ぎ早にスマホが鳴る。反乱を起こした機械のように、ひっきりなしにがなり立てる。美砂はスマホの電源を切った。でないと気が狂いそうだった。

騒動があった夜、明人は淡々とした口調で言った。

「離婚してくれ」

美砂は即座に返答した。

「それはアキちゃんが決めることじゃない」

それでも明人は鍵を置いて家を出ていった。キャップを目深に被り、数日分の着替えをバッグに詰めた。玄関で靴を履いた後、美砂のほうを向いて、すまないと言い残して。美砂は引き留めなかった。以前の美砂だったら、こんなシチュエーションになったら、飛び降りようとして明人を思い留まらせたか、泣きながら明人を詰り倒し、彼を刺し殺してから自分も死んだのではないかと思う。しかしあの夜、まなみの愛と嫉妬に狂った振る舞いにわが身を振り返り、冷静になったのは間違いのないところだった。

かといって明人を許したわけではない。沸点を超えた怒りの後に、まんじりともしないまま朝を迎えて、光を保育園に送った。明人にまかせきりなので手はずがわからず、保育士にひとつひとつ訊ねた。事情を知っているのだろう。保育士の目が冷たく感じられた。

明人がいないと光の面倒はもちろん、家は荒れ放題になるかと思いきや、どうにかなった。もちろんそれまで明人が家事を済ませていたからなのだが、てっきり彼がいないとこの家は回らないと思っていただけに拍子抜けした。

とりあえず帰ってきなよとメールをしたいが、まなみにスマホをトイレに流されたことを思い出し、むかしのひとはこういう場合、どうやって連絡を取ったのだろうと考えた。自ら命を絶たないか、気を揉んだ。明人にはそうしたところがあった。それだけが心配だった。

美砂は保育園の送り迎え以外は外に出ず、家でじっとしていた。カーテンを開けることもしなかった。腹が減ってもウーバーイーツを利用することはなかった。また誰かが配達員とともにセキュリティーを抜けて、今度は美砂の家に土足で入り込んでこないとは限らない。明人が防災用にストックしていたカップ麺やレトルトカレーや冷凍うどんに順番に手を付けていったが、箸は進まなかった。産後、あれほど痩せたいと思っていたのが皮肉な形で実現した。

たまにスマホを起動した。着信が百件を超えていた。見てはいけないと思うのに、自己PRと情報収集の一環として利用していたツイッターを覗き見た。フォロワーが急激に増え、かつてないほどのリプライが押し寄せていた。相互フォローをしている人からは、美砂を気遣うDMが大量に届いていた。ひとりに連絡をしたら、全員にしなくてはいけなくなる。どっと疲れが押し寄せてきて、スマホの電源を切った。

あれから一度も寝室には足を踏み入れていない。明人と豪がここで交わったのかと思うと、おぞましさに嘔吐を堪え切れなかった。

疲れ果て、ようやくうとうとした頃、扉を激しく叩く音に起こされた。また大きな問題が発生したのだと、美砂は予感に総毛立つ。

「美砂っ、美砂っ」

その声は、いちばん会いたくない人だった。

「お母さんたい、開けて」

三年前に熊本に転勤した弟夫婦と住む、母の聡子《さとこ》だ。ドアを開けると、猛禽類を思わせる、目力の強い眼差しに萎縮した。

むかしから母が苦手だった。物心ついたときから嫌いだった。

「あんた大丈夫ね？　電話も出らんもんだから心配で、お母さん駆けつけてきたばい」

終戦の年に、九州の素封家に生まれた母は、美砂が中学生のときに国立大学の研究員だった夫を亡くしてからというもの、娘と息子への干渉を生き甲斐とした。進路はもちろん、部活動、友人選びにまで大いに口出しした。そのたび美砂は声を張り上げて抵抗した。高校生のとき、初めて彼氏を家に連れて行った。

「あん男は美砂にふさわしゅうなか」

予想通りの母の感想だった。その男のことはたいして好きではなかったが、あてつけに処女を捨てた。その後も母親が嫌がることには、ひと通り手を出した。ミスコンもそうだし、遊びでハッパを吸った。母親の美意識が許さないような男と寝まくった。

母親の圏外へ逃れようとした半生だった。母親に勝つため、これまでやってきた。

聡子は慰めも束の間、美砂に言いたいひとことを浴びせた。

「だけんお母さん言ったとね。あんたが鐘山さんと結婚するば言いよったときに、〝あんたん相手が務まるんか〟って」

そこには様々な意味が込められていた。都議東雲美砂にふさわしい地位や稼ぎがある男なのか。これまで手塩にかけ、教育費にもひと財産以上の投資をしてきた。それに見合う男なのか。

母親は自分が正しかったと直接言いたいために東京まで来たのだ。言わせたくなかった。死んでも言わせたくないひとことを、この女に言わせてしまった。

美砂は泣いた。さめざめと、ただ泣いた。

聡子は美砂の背中を撫でた。その涙に、悔し涙が含まれていることを知らない。

聡子は娘の涙に嗜虐性を掻き立てられた。

「こぎゃんときに言うことやなかばってん、〝お母さんは鐘山さんのことを知らないだけで、あの人は出るところに出たら名が通っとるんよ〟言うとったばってん、あんたがテレビに出てん、クレジットに〝夫は建築家の鐘山明人〟と出たことなかばい」

本当に、こんなときに言うべきことではなかった。

ネットで自分の名前を検索する。予測変換に「夫」や「鐘山明人」と出たのはずいぶん前だ。テレビの報道型ワイドショーに出演するとき、「都議。早稲田大卒。夫と長男の三人暮らし」と簡単なプロフィールが出る。「建築家の夫」とは記《しる》されない。ディレクターを通せば考慮してくれるかもしれない。しかし、明人も何も言わないし、世間からしたら明人の知名度はないに等しいのだろうと思う。

「な、お母さんの言うた通りやったやろ。わかればよかんばい」

次に聡子が取った振る舞いは、美砂には許しがたいことだった。聡子は美砂を産み、育てた女の権利として、泣くための胸を貸そうとした。

それに気づいて、美砂は聡子を突き飛ばした。

「何ばすっと！」

拒絶された聡子は、娘の行動に目を疑った。

「出てって！」

「素直になりなっせ」

美砂は聡子の頬を張った。初めて親に手を上げた。ふたりの間に沈黙が走る。

聡子が驚いているうちに、美砂は聡子の手土産の辛子蓮根を玄関の外に放る。力ずくで母親を追い出した。

＊

一週間が経過したが、昼も、夜も、眠りにつけなかった。居間にいても誰かに監視されているような気がした。

聡子はその後、来ることはなかった。おそらく東京に戻ったついでにどこかで一杯やった後はおとなしく帰郷したのだろう。自分は正しかったと、娘に勝った美酒に酔ったはずだ。

記事が出てからは家の外に記者が張り付いているため、もう光を保育園に連れていくことはできなくなった。明人がいたとき、光が熱を出しても、彼に丸投げしていた。改めて子育ての大変さを知った。

しかし、光といることでどうにか正気を保っていられた。自分よりか弱い存在を前にして、それでも涙が込み上げてくる。自分はこんなに弱かったのか。堕ちるだけ堕ちてしまった。こんな自分に会いたくなかった。光は難しそうな顔をして、母親の頬をつたう涙を小さな掌で拭う。抱きしめて、ようやくひとしきり泣けた。

いつのまにか朝が来て、光に顔をはたかれて起こされた。

「アンパンマン！　アンパンマン！」

アンパンマンのアニメを見せろと言うのだ。見せている間、小分けに冷凍されたご飯を温めて、チャーハンを作った。光は、おいしーおいしーと完食した。どうしようか迷ったが、マンションの裏口から保育園に連れて行った。

「じゃあーねー」

光は邪気のない笑顔で手を振る。涙を堪える。疲れが取れない。どっと体に伸しかかる。何も考えたくない。何もしたくない。だけど頭の中でぐるぐると回ることは同じだ。明人はどうして男が好きなことを黙っていたのだろう。豪より前にも男と経験があったのだろうか。

だったらどうして私と結婚したのだろう。

この浮気を――いや、本当の恋かもしれない――許すべきなのか。

明人が戻ってきたら、土下座で水に流せるだろうか。

男の甲斐性として一度ぐらい目を瞑るのが、できた妻の作法なのか。

光もいる。マンションのローンもある。離婚しないほうがいいとは思う。

これまで自分は人から夫の浮気を相談されたとき、迷わず「離婚したほうがいい」と主張してきた。「私だったらちんこを切る」と言い放ったこともある。いまから思えば、人の真剣な悩みに、なんと他人事で答えていたことか。

しかし、自分のほうが彼女たちより問題が深刻に感じる。もの笑いの種が違う。よせばいいのに、決して見てはならないはずなのに、朝日とも夕日とも区別が付かない時間、光が眠りについている間、麻薬のようにスマホに手を伸ばし、ふらふらとツイッターを覗き見てしまった。誓って無意識だった。

そこではツイッター大喜利が展開されていた。

たいち　@jidaigeki

東雲美砂はどんな気分だろうね。だってまんこ専用だと思っていたモノが男の肛門に入れてたんだぜ？　ぜってえカリ首にクソが付いていただろ。ぜってえ性病うつされてるって。

れんれん@趣味垢　@yuhdk643
略奪同性愛？　やおいかw「夫の間男」で商品登録していい？　#東雲美砂

テツキンコ　@tetsuking
妻への当てこすりちんこが、妻の地位崩壊で草。
東雲美砂の夫にしてみれば、高くついた火遊びじゃね？

めめ（酷暑）　@I&I
ゲイのためなら女房も泣かすぅ〜。#東雲美砂

山本一郎（やまもといちろう@告知用）　@kirik
夫の下半身も管理できない女に都をまかすことなどできないよね。#東雲美砂

安倍お父様絶対支持者　@nipponsugoi

東雲美砂きらい！　ブス死ね！　自殺しろ！

可視化された悪意に、心臓が文字通りバクバクいった。呼吸ができない。座っていることもままならない。胸を押さえてソファから崩れ落ちる。床に這う。苦しい。救急車を呼ぼう。しかし一瞬で考え抜く。そんなことをしたらまた大騒ぎだ。いや、世間は同情してくれるだろう。いやいや、今度は自殺未遂を起こしたと面白おかしく書き立てられる。マスコミが大挙して押し寄せる。ここにはもう住めなくなる。どこに引っ越す？　港区を離れたら築き上げてきたものが無になる。有権者が離れていく。だけどこのまま心臓が止まったら？　光はどうなる？　隠れゲイの父親に育てられるのか？　世間はいつまでも忘れてくれない。「同性愛者に育てられた子は可哀想だ」などと同情の体を見せていた者たちが率先して光を疎外し、嫌がらせをし、彼の人生を孤独なものへと追いやるだろう。目に見えている。スマホを握りしめる。どうする？　去年の前半、家で缶チューハイ一本で全身が真っ赤になり、心臓が痛くなったことがある。あのときはそばに明人がいた。「救急車を呼ぼう。恥ずかしいのならタクシーにしよう」と自分を説得した。真剣に心配してくれた。優しかった夫。やはり自分に落ち度があるのだろうか。あのときはおよそ一時間で体から赤みが消えていった。今度はどれぐらいかかるだろう。それとも冷たくなるほうが先か。

——どうでもいい。もう、どうでもいいや。

そして考えるのが面倒くさくなった美砂の意識は、深い底へと落ちていった。

＊

まなみはテーブルの下で、剝がれた爪を見つけた。まるで悪夢の残骸のようなそれを摘《つま》み取ると、努めて無表情を装い、ゴミ箱に棄てた。感情を操作されたくなかった。

あの夜、明人と美砂と光が帰った後、自宅に自分と豪と亜梨が残された。

豪は何も言わなかった。言い訳も謝罪も口にしない夫に、はらわたが煮えくり返った。もちろん釈明したところで怒りが減少するわけもなかったが。

まなみにしても豪にいくら説明したところで、自分の怒りの正体を豪が理解できるわけがないだろうと思っていた。自分は殺されかけたのだ。我慢して、多くのものをあきらめて、ようやく築いた、「青山に住む社長夫人」というちっぽけな称号を、根こそぎ奪われそうになったのだ。

まなみは豪を殴った。何度も顔や腹を拳で叩いた。その威力もさることながら、まなみの体力に豪は驚かざるをえなかった。明人に使い果たしたと思っていたのに、この細い肢体のどこにまだ力が残っているのか、怒りの源泉には底がないことを知った。

亜梨は親の愁嘆場に泣きわめく。まなみは彼女を慰めようとしなかった。夫を嘲罵することに忙しかった。

「おまえは亜梨のことが可愛くないんだろ？　亜梨が可愛くないから欲求を抑え切れないんだろ？　それによ、なんで、よりによってあんなおっさんなんだ？　五十を過ぎたババアでも驚くのに、浮気相手がおっさんて。あいつに唆されたのか？　何か弱みでも握られたのか？　そうじゃなきゃありえないだろ！」

豪は思う。打算の塊のようなこの女にはわからないのだ。人を好きになることに理由などない。そもそも好きになる人を選ぶことはできない。穴ぼこに落ちたり、交通事故の類いなのだから。まなみは続ける。

「付き合う前に言ってくれよ。〝俺はゲイだ〟って。おっさんが好きだって。そうしたらあんたと結婚なんかしてないから。まったくどうかしてるよ。男と男なんて自然に反してるだろ。生産性がないよ。あんた頭おかしいよ。狂ってるよ」

まなみが同性愛者に嫌悪を持っていることは日頃の言動から窺い知れた。

豪もキレ返したかった。

──〝自然に反している〟？　じゃあおまえは夏でもクーラーをつけるな。電車にも乗るな。むかしの人はみんな歩くか走るかだった。車は排気ガスをまき散らして自然に反しているじゃないか。

ガンになっても手術をするな。寿命を受け入れろ。

化粧をするな。ありのままで勝負しろ。

靴を履くな。服も着るな。洞穴に住め。

自分にとって都合が悪いことを〝自然じゃない〟などと一刀両断するな。〝生産性がない〟？　じゃあうんこをするな！　子どもを作る以外のセックスもするな。古代ローマもギリシャも、日本も江戸時代まで衆道は一般的なものだった。戦国武将は秀吉だけがノンケだった。そのため変人扱いされた。明治に入り、キリスト教に基づいたヨーロッパの思想が流れ込んできて、現在における一夫一妻制が根付いた。男と男がヤることなど、なにもおかしなことはない。おまえが無知なだけだ。

こころの中で捲し立てた。

まなみは泣き飽きると、台所に行って包丁を取り出した。これには豪も青ざめた。急いで両腕を押さえつける。

「出せっ、もう悪さができないようにしてやる！」

「よすんだ、亜梨がそばにいるんだぞ！」

「おまえが悪いんだ。おまえが！」

腕を摑まれたまなみは豪に嚙みつこうとする。

「放せっ。ちょん切ってやる。ちょん切ったら許してやる」

「亜梨、ベッドのほうにいなさい」

「行くな！　ベッドはおまえの父親で汚れてる！」

母親の剣幕から逃れようと、亜梨は寝室へ駆け込んだ。まなみは声を限りに娘の名を叫ぶ。

「放せ、いいから放せっ」

まなみが包丁を投げ出す。豪はそれを拾い、引き出しの奥に仕舞った。

まなみは亜梨の腕をひったくる。火が付いたように泣き叫ぶわが子を引き摺る。

「二度とこの子に会えると思うなよ！」

まなみの眦は燃え盛る炎心のように尖っている。豪が引き留めようとする。

「触るな！」

鬼よりも鬼の形相で、財布とスマホをショルダーバッグに放り込む。

亜梨の手を無理やり引いて、家を飛び出て行った。まなみにしてみれば、夫が自分以外の者（しかも男）と交わった可能性がある家で呼吸をしたくなかった。

豪はまなみを追いかけなかった。むしろ手が付けられない怪獣が出て行ってくれて、ころから安堵した。力が抜けて、その場にへなへなと座り込む。しばらくして鏡を覗き込むと、顔中が生傷だらけだった。腕にもまなみが摑んだ手の跡が残っていた。

結婚する前、既婚者の男の全員が口にしていた。

――あんな女だとは思わなかった。

まったくの同感だった。しかし、自分ほど危険な目には遭っていないだろうという歪んだ優越感があった。

豪が翌朝最初にやったことは新しい携帯電話を買うことだった。一斉メールで全社員に向けて新しい電話番号とメルアドを送った。何人かから、「社長でもケータイを落とすんですね☆」「カノジョの家に置いてきましたか」と軽口の返信があった。思わぬところで社員からの親近感を買った。そんなにいいもんじゃないと豪は鼻から息を出した。

出社すると、豪の顔に引っ掻かれた痕を見た社員たちは、マナーとして見て見ぬふりをした。しかし、三日後にネットに出回った当該記事を見かけると、彼らは社内外に豪ひとりを除いて秘密を共有した。豪は仕事で会う人たちが、以前と目の色が違うことを肌身で感じた。

やっとのことで日々を乗り切った。帰宅すると、妻と娘のいない家は闇の奥のように静かだった。きっと死後の世界とはこんな風ではなかろうかと思った。

週刊誌が発売されると、何人か電話を寄こしてきた。大丈夫？　などと心配を装っているが、内心楽しんでいるのがわかる。あからさまではないか。もうちょっとうまく隠せと思う。

父の尊徳から電話があった。それだけは出なかった。

＊

美砂が目を覚ますと、白い天井が見えた。傍らには明人がいた。

「美砂、美砂っ」

泣きながら何度も自分の名を呼ぶ。看護師が来て、明人を制する。

「気がつかれましたか。過呼吸でこちらまで運ばれたんですよ」

ぼんやりした頭でそれを理解しようとする。あとで聞いた話では、第一発見者は明人だったという。虫の知らせがあったらしい。美砂の携帯電話にかけても電源は切られている。走って家に戻り、玄関を叩いても反応はない。明人は鍵の緊急サービスに電話をかけた。テーブルの近くで横たわる妻を見た瞬間、心臓が止まりそうになった。それでも手首に傷がなく、ガスも漏れておらず、胸に心音があるのを確認すると、美砂を背負って、病院までのタクシーを捕まえたそうだ。運良く、外で張っていた記者たちはいなかった。

「点滴が済んだら帰れますからね。旦那さん、良かったですね」

ちょっと大袈裟だと思うけどと、小声で言い残して看護師が去る。明人は変わらず美砂のベッドの端に顔を押し付けながら泣いていた。

美砂は白い天井を眺めながら、そういえばこの人は出会った頃から泣き虫だったと、揺蕩《たゆた》う意識のなかで思った。

＊

まなみが自分でもいちばん驚いたのは、豪がふた回り近く上の男と不倫を重ねていたことではなく、愛娘の亜梨が憎らしく感じてしまうことだった。あの男の血を引いた子かと思うと、血が沸騰する思いに駆られた。この手で怒りを摑めそうな気がした。

カードを使い、ホテルに連日泊まった。亜梨も一緒だった。保育園に連れて行って、保育士や他の保護者たちから意味ありげな目で見られたくなかった。以前は連れて歩くのが自慢の可愛さだったのに、いまは見ているだけでむかっ腹が立ってくる。どうして連れてきてしまったのだろう。子育ての苦労をあいつに味わわせる、いい機会ではなかったか。

亜梨も母親からどう見られているのかわかっているようで、一切のわがままは鳴りを潜めていた。レストランに自分だけ行って、ホテルの部屋に一日閉じ込めておいた亜梨にコンビニのパンを与えた。自分は腹癒せに服を新調したが、亜梨には同じ服を連日着せた。風呂にも入れず、下着も同じものを穿かせた。

もし「子どもに罪はない」などと綺麗ごとをほざく輩がいたら撲殺しかねなかった。顔を汚したまま、束の間の眠りにつく亜梨を尻目に、まなみは同じことを考える。

前回の浮気は本妻の矜持で凌いだ。しかし今回は違う。

相手が男なのだ。複雑なじゃんけんに頭が割れそうになる。

豪と初めて会ったとき、この男なら大丈夫そうだと感じた。この男なら、すべて掌に乗せて転がせると。

まなみが豪の前に付き合っていた男は妻子持ちだった。黒歴史のトップ事項。魔が差したとしか言いようがない。若い男にはない優しさを持ち合わせていた。会えばいつもとびきりに優しかった。しかし同年代が次々と適当な男を捕まえてウエディングベルを鳴らすのを見送るうち、自分の若さが搾取されていることにようやく気付いた。いつ奥さんと別れるのかと問い質すと、男は露骨に嫌そうな顔をした。ベッドと同じ人物とは思えなかった。別れを切り出したのはまなみのほうからだった。男の会社に中傷ビラを配る復讐でほんの少し気が済んだ。

まなみは失われた時間を取り戻そうと躍起になった。今ならまだ間に合う。高学歴はもちろん、高収入で、社会的にも高い位置にいる男を捕まえられる。そして二歳年下の豪と出会い、その願望は叶えられた。

亜梨を産んだとき、これで「契約」はより強固なものになったと思った。豪の家の人間は代々優秀だ。ルックスは自分に、勉強ができるところは豪に似てほしい。万が一離婚するときが来ようと、愛は消えてもスペックは残る。あとは悠々自適な慰謝料と生活費で過ごす。

同じ頃、かつて付き合った妻子持ちの男は倒れて寝たきりになったと風の噂で聞いた。

——よかった。そんな人と結婚しないで、と思った。

私に歯向かった者は必ず罰が下る。そう考えると無上の悦びを感じた。

豪といて幸せだった。保障された生活があった。このままずっと幸福でいられると思っていた。なのに。なのに。

いつからふたりの関係は始まっていたのか。いずれにせよ、病院に行かなくてはいけない。その至れり尽くせりぶりにすべての妊婦の垂涎の的となっている山王バースセンターに足を運んだ。採血して、ＨＩＶはもちろん、あらゆる性病をチェックしてもらった。検診の結果、軽い梅毒と診断された。「赤ちゃんには影響はないと思います」と医師は話した。「影響はないと思います」？　それはどの程度の確証を持って言えるのか。何度も医師に詰め寄った。

半ば放心状態で待合室の長椅子に尻をつく。亜梨は母親の顔を盗み見て、少し距離を置いた。小さな頭なりに考えた護身だった。まなみはふらふらと立つ。捨てられると思い、亜梨はあとをつける。トイレに入るなり、まなみは娘の頬を叩いた。感情的な言葉を降らせて、亜梨の顔に雨あられの打擲を振るった。子どもの叫び声がするほうに病院関係者は必死で駆けた。女子トイレの床で、娘の上に跨る毒母を押さえつけた。

# 10

うちん時代は家ん中はお父さんがいちばんやけんね。やけん美砂が外で働いて、明人さんが家事や育児ばしとると聞いたときは、時代も変わったなて思うたもんや。

そうやなあ、美砂は子どもん頃から女ん子らしゅうなかちゅうか、良う言えば活発で、悪う言えば、こうと決めたら、誰が言うても耳ば貸さんていうか。

お父さんも生きとるうちに何度も零したけんばい。美砂が男やったらなあって。うちもそう思う。

うちね、ここだけん話、美砂はうちが嫌がることば知って、ちゅうより、嫌がらせんために明人さんと結婚したて思うとるばい。まああん子も、子どもが産みとうて、ばってん年齢的にリミットが近かったけん、いちばん手ごろな相手があん人やったんやなかとねえ。そりゃ家んことも光ちゃんのことも世話してくるるけん、良かったかもしれんばってん、ああなっちゃねえ。こぎゃんこつ言うたら何ばいけんど、うちゃはじめから長続きはせんやろうな思うてた。

うちは、熊本であん子の弟家族と住んどる。ええ嫁さんと結婚したね、あん子は。三歩下がって男ん人ば立つるところがあいなっせ。いまどき古風言うんと。男ん人もね、口では男女平等ば唱えてん、「女性の社会進出、結構や」言うてん、「自分地位ば脅かさん程度に」って条件付きばい。

男はなんやかんや言うても、妻には尽くしてほしかて思うとる。共働きばしよる夫婦だって、もし男に稼ぎがあったら、女には家ん中におって、子どもの世話ばしてほしかて思うとるばい。野球選手ば見ても、奥さん、ダンナの世話ば一生懸命しとるやろ。それでよかばい。知恵がある女んほうが不幸やて思うばい。日本では。ほんとはみんなそう思うとるんやなかと。言うたら怒らるるだけで。やけんこん国では、女性で出る杭は必ず打たるる。そぎゃんもんばい。

嵐のような一ヵ月が過ぎていった。

一時は永遠に続くのではないかと思われた騒動も、未成年アイドルの喫煙写真や、大物スポーツ選手のドラッグ逮捕といった大きなトピックが起きると、世間は美砂のことなど忘れて、すぐまた次の話題に飛びついていった。美砂がツイッターやブログを覗くと、誹謗中傷の書き込みは呆気ないほど途絶えていた。ほっとするとともに、物足りなく感じた。これが炎上商法で注目を浴びようとする人の心情かと、少し理解できた気がした。

事件後初めて都議会に顔を出すときは足が竦んだ。

「おまえの商品価値は下落した。除名処分されたくなかったら離婚しろ」

以前から美砂を面白く思わない先輩議員からは痛烈に面罵された。

一方で美砂の影響力はこれで大きくなったという人もいる。

「悪名は無名に勝る。このスキャンダルでさらにきみは名を上げたと思えばいいんだよ」

肩に手を置いて慰めてきた。やたらとスキンシップをしてくる老議員だった。

後援会では多くの人に励まされた。「東雲先生は悪くないよ」と訳ありな視線で頷く者、「元気を出して。しょげてたらあなたらしくないよ」と笑みを見せる者、あるいは何も言わず、同情の視線で握手を求めてくる者など、様々だった。美砂の中で燃え立つものがある。

都知事から連絡はなかった。切り捨てられたのか。だとしても仕方がない。いまは雌伏《しふく》のときだ。逆襲の機会まで耐え忍ぶのだと言い聞かせた。

＊

これまでと同じように、明人と一緒に住むようになった。許す、許さないではない。以前と変わらず、生活を続けた。正しい、正しくないではない。それが生活だと思って。光がいるときは緩衝材になってふたりの会話は一応弾むこともある。光が寝た後は、火が消えたように無口になって、互いにベッドの端と端で背を向けた。夜の営みはない。もともと光を産んだ後、美砂は性欲が甚だ無くなっていた。明人も触ろうとしてこない。「助かった」と思いつつ、これが明人の不貞の原因かとも考える。何事もなく生活は続いていったが、それでも以前と変わったことといえば、美砂は明人の後の湯船には浸からなくなった。生理的に受け付けなかった。戻ってきてから一度だけ、日付が変わる頃に、「すまなかった」と明人は言った。美砂はどう返していいのかわからず、曖昧な返事で終わった。けれども彼女の中でゆっくりと氷解するものがあった。

明人は時折考えた。まなみに殴られたあの日、どうして自分は一方的に攻撃を受けたのだろう。

「浮気はやられた方にも罪があるんだ！」

暴論と知りつつ、どうして言い返さなかったのか。

夢想すると体が熱くなってくる。でも小心な自分にはできなかった。美砂も歴代彼女も自分のことを「優しい」と言った。違う。弱いだけだ。

でも知っている。小心だからこそ大胆なことができると。

明人は毎日光を保育園に送り迎えした。保育士や他の保護者の視線にも慣れた。何もなかったようなふりをして、挨拶を交わした。所詮、世間とはこのようなものだと、彼は悟ったような気になった。

保育園で豪もまなみも亜梨も見かけることはなかった。どうしたのか。保育士に訊ねることはしなかった。

その疑問はそれから さらに二週間後、自然と解けた。

弁護士を通して、まなみから合意書が送られてきた。

合意書

平成30年8月28日

有馬豪氏（以下「甲」という。）と鐘山明人氏（以下「乙」という。）は、乙が甲と平成30年5月頃から同年7月頃まで不貞の関係（以下「本件不貞行為」という。）を持ったことに関して、本日以下の通り合意する。

1　乙は甲に対し、本件不貞行為について、これを認め、真摯に謝罪し、甲はこれを受け入れる。

2　乙は甲に対し、本件不貞行為の解決金として50万円の支払義務のあることを認め、これを平成30年8月8日限り、甲の指定する口座（○○銀行　××支店　普通○○○○○○

○　預り金口弁護士堀健一（アズカリキングチベンゴシホリケンイチ）に振り込み支払うことを約束する。なお、振込手数料は乙の負担とする。
3　乙は甲に対し、乙と甲との間の本件不貞行為に基づく損害賠償義務について、甲に求償しないことを約束する。
4　乙は甲に対し、今後一切、手段の如何を問わず連絡を取ったり面会をしたりしないことを約束する。
5　甲及び乙は、本合意書の成立及びその内容について第三者に口外しないことを相互に約束する。
6　甲と乙は、本合意書に定めるほかは、名義の如何を問わず何らの債権債務がないことを相互に確認する。

以上の通り合意が成立したので、後日の証とするために本書2通を作成し、甲乙各1通を保有する。

弁護士が立ち会う中、明人はサインをした。
美砂には明人が涙を堪えているように見えた。泣きたいのはこっちだと、美砂はしらけた気持ちになった。自分を助けてくれたときには運命を感じたが、こういった些細なことにもこころが行きつ戻りつする。今後もこうしたことがあるのかと思うと、美砂は足元が滑りそうな覚束なさを感じた。

＊

すっかり秋めいた空の下、明人は自転車に乗り、ＰＲＡＤＡのいけ好かないビルの前を通って、恵比寿にあるアン・ミナールに急いだ。先週までの猛暑はどこへ、そろそろ半袖では肌寒く感じられた。

こころが挫けそうなときも、明人は仕事を続けた。彼にとって自分とこの世を引き留める手綱は、光と仕事だけだった。

事件があった後もアン・ミナールは明人にとって心地良い場所だった。騒動からまだ日が浅い頃、アン・ミナールを訪れると、矢須子が大勢のスタッフの前でネタにして笑ってくれた。

「あんたもドジね！　ウソだらけの週刊誌にハメられて！」

どれだけ救われたかわからない。

ところがその日、事務所兼ギャラリーに足を踏み入れると、いつもは活気があるスタッフがしんとしていた。高い天井いっぱいを覆うバルーンも気のせいか、色を失っている。

明人はわざと能天気な声を上げた。

「いやあ、今回のリノベは手こずっちゃったよ。矢須子は？」

その名前を発したとき、まるで禁句のようにスタッフの間に緊張が走ったのがわかった。

女性スタッフのひとりが明人を隅の方へと促した。

「明人さんは身内だから、絶対黙っててくれますよね」

有無を言わせぬ口調だった。そこで明かされた話に、明人は全身を貫くほどの衝撃を受けた。

矢須子の夫の拓海が離婚を切り出したという。拓海は長年不倫をしていた。しかもその相手が矢須子のアシスタントの咲だというのだ。矢庭にそう聞かされても、明人の頭には、いつもずり落ちる眼鏡しか思い浮かばない。

さらに驚くべきことは、十九歳の長男一貴、高校生の次男健太郎、末っ子のメグまで父親の不倫を長年黙認し、この離婚にも賛成しているという。耳を疑わずにはいられなかった。

「なんで」

明人はそれだけ発するのがやっとだった。

「上の子が来年家を出るし、メグちゃんも私立の中学に進学が決まったので、いいタイミングだと思ったようです」

「矢須子は」

「ショックで広尾病院に入院しています。誰も面会に来ないでほしい。放っておいてくれと」

愕然とした。こんなことがあっていいのかと、明人の頭の中はぐるぐると回る。それ以上言葉が出てこない。あとはスタッフが何か話しても、うわの空だった。

「くれぐれも内密に」

明人は溜め息もつけずに、椅子から立つ。足元の萎びた風船を拾う。ここでもひとつ夏が終わったと、明人は感じずにはいられなかった。

＊

豪はその日も誰も待つ者がいない家に帰った。帰る必要などなかったが、社員に定時退社を厳命しているため、率先して社をあとにした。シャツの皺や髭の剃り残しには敏感になった。妻が出て行って帰ってこないことを社員に知られたくなかった。これ以上醜態を晒すのは御免だという思いからだった。

豪が強くそう思ったのは、事件が明るみになってから数日後、片腕として育ててきた瀬島が突然辞めたことが大きかった。辞表には「一身上の都合により」と書いてあった。送別会も拒否された。瀬島は荷物を片付けた後、豪にこれまで世話になった礼を述べ、こう訊ねた。

「僕のことは、どうでもよかったのですか？」

その目はしんと冷えていた。

まなみが山王バースセンターで亜梨を虐待している現場を押さえられ、警察から事情聴取されて一ヵ月になる。鎮静剤を注射され、個室で少しの時間眠りについた。

葉山に住むまなみの両親は血相を変えて赤坂警察署に駆けつけた。豪はその日仕事で東京を離れていた。旧知の在尼（インドネシア）アメリカ人投資家が来日したため、食事を兼ねての意見交換に専心するあまり、スマホをチェックする暇もなかった。病院側はまなみの両親を知っていたため、彼らに連絡を取った。

まなみの両親は面会室で狂犬のような目をした娘に動揺した。

警察はどうして四日も家に帰らず亜梨とホテル暮らしをしていたのか、幼い娘をホテルに置き去りにしていたのか、夫が病院に来ないことを訊ねたが、まなみは頑なに口を割ろうとしなかった。ようやく口を開けたと思えば、「自分は悪くない」の一点張りだった。

妊娠を考慮し、警察は処分保留として、その日のうちにまなみを釈放した。児童相談所の職員が同席して、まなみと両親に今後のことを話し合いましょうと伝えた。ふたりだけで行動させないようにと勧告されたため、まなみの両親が葉山の家に亜梨を引き取ることにした。

「おまえはどうするんだ」

むくれ顔のまなみは答えない。彼女のスマホが鳴ったが、画面に表示された名前を見て、即座に切った。両親は相手が誰なのか、瞬時に悟った。

しばらくまなみと亜梨は葉山で過ごした。まなみの険は取れていったが、両親には忸怩たるものがあった。ずいぶんと甘やかして育ててきた。幼稚園から私立に入れて、自分たちが欲しくても手に入らなかったものを幼いうちから与えてきた。育て方を間違ったのかと、途方に暮れそうなこころを隠した。

しかしそれから数日して、まなみの両親は、心配を装った近所の住民から教えられた。

「災難でしたな。御主人を許してやらんこともないと思うが」

そこで両親は、すべての経緯を知った。

義父母の叱責は日頃感情を抑えることに長けた豪にも堪えた。当分の間、葉山でまなみと亜梨を預かるという。豪は「申し訳ありません」と口にしつつ、胸を撫で下ろした。

豪は仕事に没頭することで、日々のプレッシャーや引き裂かれてしまった男のことを考えないようにした。

しかしさらに豪に追い打ちをかけるようなことが起こった。画家の友人が急逝した。

高校生だった頃、同じ絵画教室に通っていた。同い年で、見た目はどこにでもいそうな男だったが、自分と比較にならないほど才能があった。

寝食を忘れて、という言葉はその男のためにあった。前夜、教室で別れを告げて、次の日、同じ時間に教室に行く。友人は、昨日と同じ服のまま、コップに入った水を描くため、ひたすらキャンバスに向かっていた。豪が驚いて声をかけると、「あれ、一日経ったのか」と、充血した目を向けた。まるで生きた獣と対峙する男の顔つきで、精悍そのものだった。

才能に奉仕されることを宿命とする選ばれた者なのだと豪は思った。とてもではないが彼の前では、「僕の名前はゴーギャンから取られた」などとは言えなかった。

友人は最難関とされる美大に現役で合格した。卒業制作の絵は、学校が買い上げた。彼の将来は順風満帆に見えた。しかし、茨の道はそれからだった。絵の勉強のためフランスに留学したが連絡が途絶えた。あとで人づてに聞いた話では、パリに着いた当日、寄宿舎に向かう道で風景画を描いていた中年のキャンバスが目に入った。素人のレベルを凌駕していた。それどころか、美大に在学中に見た誰よりも卓越していた。しばらく、撃ち抜かれたように立ち尽くしてから震える声で話しかけた。

ボンジュールと言ったつもりが通じなかった。身振り手振りと拙い英語でわかったが、男はやはり絵画の学校に通っていたものの、絵だけでは食っていけず、仕事が休みの日に、趣味で描いているという。とんでもないところに来てしまったと彼は思った。プロ野球選手を目指す男が、アメリカに来てみたら、草野球のレベルの高さに声を失くしてしまったようなものだ。

パリで自信を喪失し、苦難の日々が続いた。彼を苛んだのは自身の才能の限界だけではなかった。年が近い日本人新進画家の作品が、どう見てもアマチュアに毛が生えた程度なのに、欧米で評価されていたことだった。ポップだが、思わせぶりなだけで、子どもでも描けそうな絵に、法外な値段が付いていた。大袈裟な修飾語で飾られた評論に目を通しながら、目が回りそうだった。自分の理解の範疇を超えていた。

数年後、挫折を抱えたまま帰国した後も、絵描きとしての注文はなかった。昼は看板描きに精を出し、夜は美大志望の子たちに絵を教えた。身をもって教示したことは、「美大を出たところで美術教師にしかなれない」という厳然たる事実だった。

たまに個展を開いた。どこで開くかが、ときにその作品より重要になる。銀座か渋谷か、画家のキャラクター込みで売り出したい場合は、中央線系や下町で開くのも有効だ。友人はいつも駅から遠いガレージで催した。当然それを注意する人はいたが、彼はいつも「本当に見たい人にだけ見てほしい」と返した。

この十年間で二回ほど顔を合わせたことがある。周りから色々と聞かされていたが、実際に会うと、矜持だけは失うまいとする佇まいに安堵した。しかし、肝心の作品は試行錯誤の真っ只中という印象を受けた。それでも学生のときにはなかった髭に手をやりながら、「もっと上手く描けると思うんだ」と語った。豪はかつてほのかな思いを持った相手の報われない姿につらくなって、それからはメールがあっても返信をしなかった。

個展のDMには決まってひとこと、久し振りに会えるのを楽しみにしているとあった。どうして顔を出してあげなかったのだろう。挫折した彼の数少ない晴れ舞台を祝ってあげなかったのか。かつて栄光が約束された友の落ちぶれた姿を見たくなかったのか。ここころにこれまで感じたことがないほどの大きな穴を感じた。

葬儀の祭壇には絵が飾られていた。花瓶に萎れた花が生けられた構図だった。これが遺作らしい。遺影は顔写真ではなく作品というところから、遺族が彼をよく理解していたことがわかった。

ひとり息子に先立たれた母親は気丈に見えた。

「あの子に叱られるでしょうね。未発表の作品を引っ張り出してくるなって」

葬儀で懐かしい顔に会った。誰もが平等に歳を取っていた。生まれてからずっと不景気が常態化された世代。高学歴プアーやアンダークラスもめずらしくない。上からはいつも「ゆとり」と蔑まれてきた。名前は忘れてしまった誰かが言った。

「あいつの口癖だったよな。〝ゴッホもモディリアーニもゴーギャンも、生きているうちに正当な評価を受けていない。彼らの絶望に比べたら、俺の嘆きなんて蟻の鳴き声にも満たない〟」

友は死ぬことによって未来に希望を託したのだろうか。

帰り道、足を引き摺るような思いで暗い家に帰った。テーブルにビールの空き缶を並べながら考える。

――あいつは、やりたいことをすべてやり切れた一生だっただろうか。

こころに影が差し込む。何を評価したつもりになっている。自分はどうなんだ。描きかけどころか絵筆さえ握っていない。人生というキャンバスは白地のままじゃないか。

豪はベランダに出て、朝が来るまでひとつのことを考え続けた。

＊

明人は夜中に仕事の手を休めて、ベランダに出て煙草に火をつけた。長い間禁煙に成功していたのに、最近また手を出すようになっていた。煙を吐きながら物思いに耽る。

昨日、矢須子は離婚届にサインをしたという。彼女に選択の余地はなかった。拓海は高田家で矢須子に代わり、一切の家事や育児を担当してきた。授業参観や運動会に参加し、子どもたちと進路について話し合うなど、献身的な役割を担ってきた。あくまでも外部からは、そんな生活に不満はないように見えた。しかしこころの中に巣食うものがあったのだろう。それを目覚めさせたのが、あの間が抜けた咲なのか。矢須子と何もかも真逆に見える彼女が、拓海を癒し、偽りの自分に気付かせ、（もちろん拓海はそんなことはないと咲を庇《かば》うだろうが）拓海の中のライオンを覚醒させたというなら、人生の皮肉を感じさせる。

明人は思う。男は去勢されたまま生きていけない。拓海は、自分が男であることを確認するために、壮大な復讐劇を敢行した。同じような立場にある男として、水を飲むように理解できた。矢須子に同情するものの、拓海に共感せずにはいられなかった。

そして思う。ジャッジした気になるな。おまえは何様なんだと。

――鐘山明人、俺はどうしたい？

朝焼けが近い。そろそろ少し眠っておいたほうがいい。なのにひとりの男のことが頭から離れない。

＊

豪は自分のところにも回ってきた合意書に署名した。これでまなみの気が済むなら百枚だってサインをしてやると思った。

まなみは相変わらず自分と話そうとしない。まなみの両親によると、おなかの子は流産したという。「あんたのせいだ」と散々詰られた。

「私たちは別れろと言ってるんだ。なのにあの子は首を縦に振らん」

葉山の実家に行けば、まなみは帰ってきてくれるかもしれない。しかし豪は躊躇う自分を確認していた。

寂しさに堪え切れなかったのか、それとも家族という重しから自由になれたためか、豪は仕事が終わっても家に帰らず、新宿で若い男を買った。何もかも投げ出したかった。今すぐ世界が終われと祈った。帰国した父親の尊徳から譴責《けんせき》を受けた夜のことだった。尊徳の憤怒は愛息よりも明人に向けられた。

「そいつは仕事より家事育児をやってるそうだな。イクメンなんてものは仕事ができない奴がやるものだ」

射精の瞬間だけ憂鬱から解き放たれた。

さらにひと月が経過した。豪は娘に会いたいと、まなみの両親に伝えた。まなみではなく、両親が青山まで亜梨を連れてきた。

久し振りに会う亜梨は大人びて見えた。ちょっと会わないだけでこんなに成長するものなのかと豪は面食らった。誰に似たのか、思慮深い子で、あんなに大騒ぎな夜があったのに、父親に問うこともない。それとも思い出したくないのか。

表情は明るかった。父親に気を遣っているのかと思ったが、そうではないらしい。豪は亜梨から思わぬ告白をされた。

「ありね、すきなひとができた」

豪は驚いて声も出ない。亜梨が生まれた直後、先に父親になった友人から、「おまえも今にわかるからな。女は小さくても女だ。バレンタインデーになると、家で楽しそうに手作りのチョコを作るんだぞ」

その苦々しそうな表情に、豪は笑って答えた。

「いまからその調子じゃ嫁に行くときは大変だな」

「その前に彼氏を連れてくる問題がある」

そんなやり取りが懐かしい。あの頃はまだ遠い先に思えた。なるほど、これが「娘の父親」か。へなへなと力が抜けそうになった。亜梨は無邪気な笑みを見せる。

「なにクンって、言うんだい。その子は」

亜梨は答えた。

「さやかちゃん」

豪は訊き返した。亜梨は恥ずかしそうな顔を向ける。

「さやかちゃんだいすき。おおきくなったらさやかちゃんとケッコンするってやくそくしたの」

指切りげんまんの小指を突き出す。豪の中で名状しがたい感情が湧き起こる。亜梨の頭を撫でる。

「そうだね、亜梨が大きくなった頃には、さやかちゃんと結婚できる世の中になっているといいね」

亜梨の笑顔は大人にはできない輝きを発していた。かつて自分も同じようなスマイルを持っていたはずだった。小さな娘に励まされ、豪はひとつの決心を固めようとしていた。

＊

明人がアクセルを踏み込むと、海へ抜ける風になる。ペーパードライバーのため、前にハンドルを握ったのがいつか思い出せない。ふと頭を掠める。このままスピンしても、警察は事故死と片付けるだろう。いっそ死んでしまったほうが楽ではないか。美砂にこれ以上の迷惑をかけたくない。保険にも入っているし、こんな父親がいては光の将来のためにもならない。しかし明人はそれができない自分を知っていた。

江の島に着いた。この日もシーキャンドルが見える。江ノ電の緑が目に眩い。海岸に人はまばらで、バーベキューの匂いもない。それはそうだろう。十月なのだ。秋を終えて、冬が近づいていると明人は思う。

互いの家族と来てから、豪とふたりだけで何度訪れただろう。すっかりここの風に素肌が馴染んだような気になっているが、ひとつの季節しか知らないのだ。人間でいったら、ある一面しか見ていなかったことになる。

彼岸前の風が爽やかだった頃、光を先に寝かせて、星空の屋根を眺めた。

その手を握りながら、ここには俺以外と来るなよと、おとなげないことを言った。豪はふふんと笑っていた。

渚に近い街頭のスタンドが錆びている。駆け足で蹴った波打ち際と吐息。しかしそれも朧気《おぼろげ》だ。どうせばれてしまうなら、LINEのやり取りを保存しておけばよかった。ふたりで写メを撮ればよかったと思う。何もかもが遠くに過ぎ去っていく。

寄せては返すのは波だけではない。後悔の念がこころに押し寄せる。

腕ずくで奪えなかったものか。踏み止まらせたものは何か。家庭か、世間の目か、小心か。その全部か。

誰かのせいにしたかったが、自分の顔しか思い浮かばなかった。

目に滲むものがある。だから最初のうちは幻だと思った。そのうち影がはっきりと形を取って、明人のほうに近づいてきた。サングラスをかけていたが、見間違えようがなかった。

豪が明人の前に立つ。少し照れ臭そうに笑った。明人はその厚い胸板に飛び込む。ここから声が出ていた。

「必ずここでまた会えるって信じてた……！」

ふたりは、過去最高に、互いに壊れそうなほどきつく抱きしめ合った。

突然の夕立がふたりを急き立てる。

豪は終わったはずの夏がまた始まったのだと思った。

# 11

最後の「こと」を終えた後、ふたりは安モーテルを出ると、割れた歩道を抜けて、海岸にたどり着いた。雨はやんだ。低い空に黄金色の雲が海すれすれに垂れ込めている。肩が乾いたシャツで、一緒に座り、海を眺めた。手を繋ぐ。人の目は気にならなかった。互いに同じことを考えているだろうと明人と豪は考えていた。

饒舌な波がふたりの代わりに会話をしているように見えた。沈黙をつらく感じたわけではなかったが、豪のほうから先に切り出した。

「僕は、明人がいれば、他に何もいらないよ」

明人は黙っていた。曇った横顔に向けて、豪は続けた。

「ふたりで、どこかに逃げよう」

明人の表情は変わらない。ひざを泳ぐ虫を払おうともしない。ほどなくして抑揚のない声でつぶやいた。

「俺もそう思っていた」

豪は彼の言葉に、そっと終わりを知った。どうして「そんなことできるわけないだろ」と反論してくれないのか。悲しみすら感じた。

――会社は売却する。もともと好きでやっていたわけじゃない。その金があれば、当分はゆっくりできる。ふたりで旅行をしようよ。飛行機に乗ったり、船に乗ったり、行先も決めずに、世界中のあちこちを回るんだ。素敵じゃないか。オヤジがどうして僕に豪と名付けたか、いまはよくわかる。ゴーギャンのように、全部放り投げて構わない。好きなように生きろって願いを込めたんだ。それとも、どうしても光くんと離れられないと言うなら、引き取って僕らで育てよう。「女は子どもを産む機械」を実践しているあんな女たちより絶対マシなはずだ。

そんなセリフを用意していたが、使わずに終わりそうだと豪は予感し、的中した。

明人は常識的で凡庸な言葉を吐いた。

「ゴーギャンにはなれない、おまえも、俺も。一度きりの人生を、後悔して生きていく。後悔したことも忘れて」

「つまらないことを言うね」

明人は構わず続ける。

「俺のオヤジは俺が二十歳のときに、男にフラれて自殺した。そんな死に方で、残された者はどれだけの地獄か、俺は知っている。一回きりの人生だからこそ、死んだ後も後悔する」

明人の意を決した告白に対して、豪はくすくす笑い出した。

「やだな。僕が心中でも誘うと思ったの。お門違いだよ」

明人は苦笑する。豪の皮肉めいた笑い方が、明人は好きだった。

豪は夢想する。見苦しい別れ方を、悲劇の男を演じてみる。取り乱して、明人を慌てさせる。例えばこんな風に。


「ねえ、お父さんのことがあったのに、なんで僕に手を出したの？　どうして僕を火遊びに誘った？」

「火遊びじゃない」

「奥さんへの当てつけだったんだろ。誰でもよかったんだろ。もともと女性に対して理解はあった。実生活でも女性をサポートしてみたけど限界があった。自分が犠牲になってると感じた。その腹癒せに、奥さんに嫌がらせをしたかった。浮気相手が女より、男のほうがいいと思った。そこに僕が現れた」

「やめろ」

「僕のこころと体に火をつけておきながら、いい気なもんだな。やっぱり子どもが可愛いか。奥さんのキャリアを守ってあげたいのか。そんなに家族とやらが後生大事か」

「おまえはおまえで、亜梨ちゃんのパパをやればいい」

「仕事も思うようにできず、つらかったんじゃないの？　僕なら家のことなんかやらせないよ。男には育児なんてできるわけないんだ。男が育児なんて、そんなこと言い出したの、人類の歴史でこの数年だよ。物分かりのいいふりなんかすることない。アキちゃんには好きなだけ仕事をさせてあげる。そういう環境を作る。このままだと育児と家事の奴隷じゃないか。何のために生まれてきたんだ。魂まで奴隷でいいのか。自分を偽ってこれからも生き続けていくのか。僕たちなら、明るい未来があるよ」

業を煮やした豪が海へと駆ける。明人は必死になって追う。——

明人は手の甲の染みに視線を落としている。豪は明人の顔の黒子を見る。体のどこに黒子があるかも全部知っている。

言いたいことはいっぱいあったが、ふたりはすべてを呑み込んだ。そろそろ観客のいない、ふたりだけの芝居を切り上げようと、豪は立ち上がる。尻についた砂を払う。

「このまま幸せにやっていけるのかなって思ってたよ」

「見かけだおしでごめんな」

「こちらこそ」

ふたりして、顔を見合わせて、小さく笑う。

豪は努めて明るく振る舞おうとする。自分の股間のあたりを撫でて言う。

「なんでこんなものを持って生まれてきたんだろ。喜びも悲しみもここに全部詰まってる。どんなに御大層なことを言う男も、全員」

明人は苦笑する。豪の好きな笑い方を見せる。

「じゃあね」

「ああ」

「帰らないの」

「もう少しここにいる」

「風邪をひかないように……体だけはどうぞ大事に」

「ありがとう」

豪は駐車場に向かう。振り返ることはしない。

明人と豪は他人に戻った。たまに保育園で見かけたが、お互いに声をかけることはしなかった。初めからふたりの間には何もなかったように。

最後の海の日から一年が経って、亜梨は保育園を卒園した。私立の学校に進学したため、明人は豪を見かけることはますますなくなった。

噂を聞くこともない。互いの家の場所は知っているし、こんなに近いのに、会うこともないもんだなと、明人は思った。

数えるほどだが近所で豪を見かけた。ただの普通の男だった。何の感情も湧いてこなかった。

明人は、あれは夢だったのかなと思うときがある。

さらに数年が流れた。副知事になった美砂と話し合いの末、離婚した。光は美砂が引き取った。光に家を出ることを伝えると「ワカッタ、マタネ」と言われた。いつかこの子に幸せの数は割り切れないと教えようと思った。

明人はかつて母親が住んでいた、自分が設計した家に住んだ。数えるほどだが知り合った女性を連れ込むことはあったものの、基本的にはひとりで暮らした。

ある日、仕事をしていたところに荷物が届いた。送り主は豪だった。梱包を解くと、一枚の絵があった。

明人を描いた絵だった。ゴーギャンというよりはエゴン・シーレのタッチに近い。背景は鮮やかな黄色で、まるで夏が塗り込められているようだ。
明人は部屋にそれを飾る。ちょっと笑みが込み上げてくる。明人は思う。
——ゴーちゃん、俺たちの夏、短かったけど、きらきらしていたな！
窓の外が光を放っている。季節はそろそろ、次の夏がやってこようとしていた。

本作は大江千里らの歌詞を意図的にちりばめています。

参考文献：『人間臨終図巻』山田風太郎、『東京都の闇を暴く』音喜多駿、『正しい保健体育』みうらじゅん。

合意書作成：三輪記子。

インスパイアとして、井上よう子、町山智浩、Morrissey。

他に、『さくらの唄』安達哲、『僕たちのカラフルな毎日～弁護士夫夫の波瀾万丈奮闘記』南和行&吉田昌史、『濃縮四方田』（四方田犬彦）、ＢØＯＷＹ、松本隆、株探、日経スタイル、トウシル（山崎元）、キャリアガーデン、お金を稼ぐ方法ネット．ＣＯＭ、三井住友信託銀行ＨＰ、大和住銀投信投資顧問ＨＰ、谷口真由美の会見、小川たまか「性犯罪加害者は勝ち続けてきた」、各都議のＨＰとブログ、「フランク・ロイド・ライトの世界」（住まいの友和）、自由学園 明日館のブリーフとＨＰ、「美の巨人たち」（テレビ東京）など。

白石一文へ謝辞を。

＊一二五ページにある東雲美砂の心理ですが、ツイッターで読んだものが反映されています。どなたのものだったか改めて確認しましたが見つかりませんでした。「あれは私のツイートを参考にしている」と思われた方はお手数ですが編集部まで御一報くださいませ。増刷以降、こちらの奥付にクレジットさせて下さいませ。

本作品は書き下ろしです。

装画……志村貴子
装幀……大岡喜直(next door design)

**樋口毅宏**
Takehiro Higuchi

1971年東京都豊島区雑司が谷生まれ。出版社勤務ののち、2009年『さらば雑司ヶ谷』で作家デビュー。2011年『民宿雪国』で第24回山本周五郎賞候補および第2回山田風太郎賞候補、2012年『テロルのすべて』で第14回大藪春彦賞候補に。ほかの著書に『日本のセックス』『二十五の瞳』『甘い復讐』『太陽がいっぱい』『アクシデント・レポート』などがある。

# 東京《とうきょう》パパ友《とも》ラブストーリー

二〇一九年一月二二日　第一刷発行

著者……樋口毅宏《ひぐちたけひろ》
発行者……渡瀬昌彦
発行所……株式会社講談社
〒一一二-八〇〇一　東京都文京区音羽二-一二-二一
電話　出版　〇三-五三九五-三五〇五
販売　〇三-五三九五-五八一七
業務　〇三-五三九五-三六一五
本文データ制作……講談社デジタル製作
印刷所……豊国印刷株式会社
製本所……株式会社国宝社


ISBN978-4-06-513660-7
N.D.C.913　218p　20cm